Nina Nübel

Die Sklaven der Hexe

edition winterwork

Bibliografische Informationen der Deutschen Nationalbibliothek:
Die Deutsche Nationalbibliothek verzeichnet diese Publikation in der Deutschen Nationalbibliographie. Detaillierte bibliographische Daten im Internet über http://www.d-nb.de abrufbar.

Nachdruck oder Vervielfältigung nur mit Genehmigung des Verlages gestattet. Verwendung oder Verbreitung durch unautorisierte Dritte in allen gedruckten, audiovisuellen und akustischen Medien ist untersagt. Die Textrechte verbleiben beim Autor, dessen Einverständnis zur Veröffentlichung hier vorliegt. Für Satz- und Druckfehler keine Haftung.

Impressum

www.ninanuebel.de

Nina Nübel, »Die Sklaven der Hexe«
www.edition-winterwork.de
© 2017 edition winterwork
Alle Rechte vorbehalten.
Satz: Nina Nübel
Cover-Motiv: Burkard Schäfers www.tattoo-galerie-bochum.de
Korrektur: Frau Wischnowski
Lektorat: Patrick Nübel
Druck und Bindung: winterwork Borsdorf

ISBN 978-3-96014-262-1

Nina Nübel

Die Sklaven der Hexe

edition winterwork

Die Entführung

„Jooreeeees, Herr von und zu. Komm in die Hufe und mach dich endlich fertig. Gleich kommt deine Cousine Merle vorbei. Ich möchte, dass du dich um sie kümmerst. Du weißt, dass sie sich hier noch nicht so gut auskennt!", rief Silja Hoffmann aus dem Erdgeschoss.

Jores lag in seinem Zimmer auf seinem Bett und starrte die Decke an. Er ließ, wie fast jeden Tag der letzten fünf Monate, seine Gedanken schweifen und dachte über sein Leben nach.

Aufgeschreckt von dem Rufen seiner Mutter, gab er nur ein kurzes „alles klar" zurück, damit seine Mutter nicht noch auf die Idee kam, plötzlich in seinem Zimmer zu stehen. Denn das würde sie tun, wenn er ihr nicht antwortet und das wollte er nicht.

Früher sagte sie immer zu ihm, wenn er mal laut nach ihr rief: „Komm her, wenn du was willst". Warum galt das eigentlich nicht auch für Mütter? Sie durfte gleich immer durch das ganze Haus schreien.

Er wollte einfach nur seine Ruhe haben.

Schon seit Monaten hatte er keine richtige Verabredung mehr gehabt. Seine letzte Freundin Maria hatte vor fünf Monaten mit ihm Schluss gemacht. Er sei ihr zu langweilig gewesen, so hatte sie ihm die Trennung begründet. In Wirklichkeit hatte sie sich aber in einen anderen verliebt. Diese Trennung hatte ihm buchstäblich den Boden unter den Füßen weggerissen. Denn er war völlig vernarrt in Maria gewesen, und als sie Schluss machte, schlitterte er in seine erste große Lebenskrise. Jetzt fragte er sich, ob er sich überhaupt noch mal so richtig auf eine Beziehung einlassen könne.

Es gab da ein Mädchen, das er schon länger anhimmelte. Sie ging auf seine Schule, nur leider beachtete sie ihn mit keinem Blick. Sie kannte ihn überhaupt nicht und er wusste nicht, ob er den Mut haben würde, sie einfach mal anzusprechen.

Was wäre, wenn sie kein Interesse an ihm hätte? Könnte er eine weitere Ablehnung verkraften?

Viele Fragen schwirrten ihm durch den Kopf, als es an seiner Tür klopfte und Merle vorsichtig den Kopf durch die Tür steckte.

„Hey, Jores, schön dich wieder zu sehen. Darf ich reinkommen? Toll, dass du heute mit mir etwas unternimmst", sagte sie und blieb in der Tür stehen.

Merle war 17 Jahre alt, 2 Jahre jünger als er. Sie hatte lange rote Haare. Mit ihren vielen Sommersprossen im Gesicht sah sie richtig süß aus. Wenn sie nicht seine Cousine wäre, würde sie ihm sogar sehr gefallen. Aber diesen Gedanken drängte er ganz weit weg.

Heute war er froh, dass sie hier war. So kam er mal auf andere Gedanken und konnte sich etwas ablenken. Denn er hatte sich seit der Trennung von Maria völlig in seinem Zimmer zurückgezogen und war nicht mehr ausgegangen.

Nur per Handy textete er manchmal mit seinem besten Kumpel Patrick.

„Was hältst du davon auf die Kirmes zu gehen, Merle? Nicht weit von hier in Herne, ist die Cranger Kirmes, mit super vielen Fahrgeschäften", fragte er und wusste eigentlich schon ihre Antwort.
Merle bekam große Augen, als er das sagte und strahlte über das ganze Gesicht.
„Das heißt also ja", bemerkte er, als Merle dazu noch nickte.
Sie klatschte vor Freude in die Hände: „Oh ja, oh ja, super Idee. Lass uns direkt los."
Jores schnappte sich seine Jacke und zog sie an, dabei schaute er kurz in den Spiegel an der Wand.
Nur noch etwas Gel und dann wäre der Look perfekt.
Schnell schnappte er sich das Styling-Gel und schmierte sich etwas davon in seine braunen kurzen Haare.

Auf der Kirmes war viel los. Die Menschenmenge schob sich durch die schmalen Gassen. Doch Jores und Merle ließen sich davon nicht abhalten und hatten viel Spaß zusammen.
Sie fuhren vier mal mit der Achterbahn, aßen Popkorn und unterhielten sich über alle möglichen Dinge.
Endlich musste er mal nicht an Maria denken und genoss den Tag mit seiner kleinen Cousine.
Den ganzen Nachmittag verbrachten sie dort, bis es langsam dunkel wurde.
Mittlerweile war es sogar schon recht spät geworden.
Beide beschlossen gemeinsam den Heimweg anzutreten.

Als sie auf dem Weg zu Jores Wagen waren, fiel Merle etwas auf.

Plötzlich rief sie: „Jores, sieh mal da drüben!" Und schubste ihn dabei an die Schulter.

„Was ist denn?" Jores drehte sich in die Richtung, in die Merle deutete.

Sie waren schon fast bei ihrem Wagen, als auf der anderen Straßenseite, nicht weit von ihnen etwas seltsames passierte.

„Die Clowns!", rief Merle aufgeregt. „Sieh dir die Clowns an!"

Jores sah genauer hin und erkannte, was sich ein Stück entfernt abspielte. Vier riesige Clowns rannten hinter zwei verängstigten Mädchen her, die vielleicht siebzehn oder achtzehn Jahre alt waren.

Jores erstarrte kurz, denn er erkannte die Mädchen. Es waren Berit Bachmann und Deborah Schulte, genannt Debbie, von seiner Schule.

Berit? Lieber Gott, doch nicht Berit! Was passiert hier gerade?, dachte er.

Berit war das Mädchen, das ihm schon länger den Kopf verdrehte und die er sich nicht traute anzusprechen.

Schon seit Wochen schwärmte er für sie.

Berit war recht groß, blond, bildhübsch und hatte wunderbare blaue Augen. Mit ihrem schönen Lächeln, hatte sie ihm den Kopf völlig verdreht.

In letzter Zeit hatte er oft gedacht, sie wäre die Einzige, die ihm wieder auf die Beine und aus seiner Lebenskrise helfen könnte. Seit Maria mit ihm Schluss gemacht hatte, kam er sich wie ein totaler Versager vor. Berit könnte das bestimmt ändern. Sie könnte ihm einen

Grund geben weiterzuleben. Denn nach der Trennung von Maria, hatte er manchmal schon über sein Ende nachgedacht.
Doch versucht sich etwas anzutun, hatte er noch nie.
Doch Berit wusste nicht, was er für sie empfand. Er war bis jetzt einfach zu feige gewesen.
Debbie war etwa genauso groß und beinahe ebenso hübsch, hatte aber kurzes dunkles Haar und große braune Augen. Die beiden Mädchen waren seit Jahren beste Freundinnen.

Jores fühlte sich auf einmal Unwohl. Doch bei Merle brauchte er sich nicht befangen zu fühlen, schließlich war sie seine Cousine. Sie war erst vor kurzem nach Bochum gezogen.
Er mochte sie und fand, dass sie wirklich umwerfend aussah und eine tolle Ausstrahlung hatte, aber zwischen ihnen würde nie etwas laufen.
Allerdings Berit Bachmann? Mit ihr würde er gerne etwas anfangen. Er konnte sich ein gemeinsames Leben mit Berit gut vorstellen.
Und jetzt waren vier Clowns hinter ihr und Debbie her.
Vier wirklich furchteinflößende Clowns.
Obwohl Jores etwa 189 cm groß und sehr sportlich war, kamen ihm diese Typen riesig vor. Sie wirkten gar nicht wie richtige Clowns, die man aus dem Zirkus kannte, eher wie Monster mit Clownsgesichter.
Selbst aus der Entfernung erkannte Jores, das keiner ein Lächeln zeigte. Ihre Gesichter waren erschreckend und furchteinflößend. Jores fragte sich, wie sie wohl ohne ihre Schminke aussahen.

Und plötzlich hatten die Clowns Berit und Debbie erwischt. Etwa vierzig Meter entfernt von der Eiche, unter der Jores und Merle geparkt hatten, lagen die Mädchen hilflos auf dem Boden, mitten auf dem harten Schotter, niedergedrückt von den Monstern.
Niemand anderes war zu sehen. Der Parkplatz war schon halb leer. Keiner kam ihnen zur Hilfe.

Es ging aber auch alles so verdammt schnell. Die Mädchen hatten keine Chance. Die Clowns hatten sie zu Boden gestoßen und nun lagen sie mit dem Gesicht nach unten auf der Erde.
Die Clowns zogen ihnen die Arme auf den Rücken und fesselten sie an Händen und Füßen.
„Wir müssen ihnen helfen!", rief Merle und zog Jores dabei am Arm. Der ließ sich aber nicht mit zerren.
„Was sollen wir denn machen?", fragte Jores.
Er war beileibe kein Feigling, glaubte jedoch nicht, dass er gegen die vier riesigen Clowns etwas ausrichten könnte. Gegen einen hätte er vielleicht eine Chance gehabt, vielleicht sogar gegen zwei.
Aber nicht gegen vier! Außerdem waren sie echte Brocken. Sie waren größer als die Jungs in seinem Football-Team der Bochum Cadets.
Sie wirkten einfach nur riesig.
Jores überlegte, was er tun konnte, seine Gedanken rasten, doch er war völlig ratlos. Er kam sich wie ein Feigling vor, obwohl ihm klar war, dass er nicht einfach hinlaufen und etwas ausrichten konnte.

Die Clowns hatten die Mädchen mit Leichtigkeit überwältigt.
Jores und Merle würden sie wahrscheinlich genauso leicht packen können. Und dann hätten sie nicht nur zwei, sondern gleich vier Gefangene.
„Ruf die Polizei!", forderte Merle ihren Cousin auf.
„Ruf du doch an", antwortete Jores.
Merle wählte den Notruf, bekam aber kein Netz. Zu viele Menschen benutzen auf der Kirmes wohl gerade ihr Handy, so dass das Netz überlastet war, so wie man es oft von Großveranstaltungen kannte. Merle kam einfach nicht durch.
„Scheiße, ich habe keinen Empfang. Aber wir können doch nicht einfach dabei zusehen, wie irgendwelche Typen zwei Mädchen entführen. Das ist doch verrückt!", rief Merle.
Merle kannte Berit und Debbie nicht. Sie war erst in diesem Sommer nach Bochum gezogen, in die gleiche Stadt, in der Jores wohnte. Ihr Vater hatte einen neuen Job in seiner alten Heimatstadt anfangen können und so war sie nun auch hier und hoffte durch Jores neue Leute kennenzulernen.

Plötzlich fuhr ein weißer Lieferwagen mit ausgeschalteten Scheinwerfern auf die Clowns zu.
Jores hörte diese Typen wild schreien, konnte aber nicht verstehen, was sie riefen. Als der Wagen hielt, öffnete einer der Clowns die Hecktüren.
Berit und Debbie wurden sofort hochgerissen und grob in den Lieferwagen gestoßen. Die Türen wurden schnell

zugeknallt, die Clowns stiegen vorne ein, dann fuhr der Wagen mit quietschenden Reifen los.
Alles ging ganz schnell. Zu schnell.
„Wir müssen ihnen folgen", flüsterte Merle aufgeregt.
Jores nickte. Genau das hatte er vor. Er fühlte sich nicht gerade heldenhaft, aber er wollte auch nicht zulassen, dass Berit etwas zustieß. In den letzten Wochen hatte er sich oft vorgenommen, endlich seinen Mut zusammenzunehmen und ihr zu sagen, dass er ein wenig in sie verliebt war. Doch das war gar nicht so einfach gewesen. Kurz davor, verließ ihn immer der Mut.
Er wollte den Rest seines Lebens mit ihr verbringen - wenn er sich nur endlich trauen würde, sie anzusprechen.
Aber vorher musste er sie vor den Clowns retten.
Jores und Merle rannten die letzten paar Meter zu ihrem Auto und stiegen ein.
„Willst du wirklich mitfahren?", fragte Jores. Er bekam Zweifel, seine Cousine mitzunehmen.
„Wieso das denn?", wollte Merle wissen.
„Vielleicht ist es besser, wenn du nicht mitkommst. Es könnte gefährlich werden", erwiderte er.
„Jores, wir müssen diese Mädchen retten", antwortete sie. „Fahr einfach los!"
„Ich will ihnen ja nachfahren. Aber ich möchte dich nicht in die Sache mit hineinziehen", gab er zurück.
„Quatsch! Ich stecke doch schon mittendrin. Immerhin sitze ich hier neben dir."
Merle hatte Recht. Sie war schließlich diejenige, der die ganze Sache aufgefallen war.

Nachdem sie losgefahren waren, forderte sie ihn auf: „Versuch mal näher heranzufahren, damit wir das Nummernschild lesen können."

Entschieden schüttelte Jores den Kopf. „Nein, wir halten lieber Abstand. Wenn wir so nahe ranfahren, dass wir sie sehen können, können sie uns auch sehen. Und wer weiß, was sie dann machen."

„Wir müssen aber ihr Nummernschild lesen", widersprach Merle aufgeregt. „Jetzt bräuchten wir einen Peilsender an ihrem Wagen."

„Du kommst auf Ideen. Wohl zu viele Krimis geguckt", wandte er ein.

Außerdem kannte er niemanden, der so etwas besaß. Solche Geräte waren etwas für Spione und Privatdetektive, aber nicht für junge Leute wie seine Cousine und ihn.

Er kam sich vor wie in einem Tatort.

„Stimmt, du hast recht."

Merle seufzte niedergeschlagen. „Ich wünschte nur, ich wäre nicht so hilflos."

Wie die beiden sich wohl fühlten? Jores überlegte im Stillen, wie es wohl Berit und Debbie gerade gehen würde. Seine Sorge galt vor allem Berit, aber auch um Debbie machte er sich Gedanken. Sie wirkte offener als Berit und war wirklich nett. Sie war vor einiger Zeit mal mit seinem Kumpel Patrick zusammen gewesen. Daher kannte er sie etwas.

Doch verliebt war er in Berit. Das wurde ihm immer mehr bewusst. Und jetzt konnte er für sie zum Helden werden und vielleicht ihr Leben retten. Dabei wusste er

gar nicht, was die Clowns mit den Mädchen vorhatten. Wollten sie die beiden am Ende sogar umbringen?
Da fiel Jores ein Zeitungsartikel ein, in dem er etwas über Menschenhandel in der Gegend gelesen hatte. Bochum lag im Westen Deutschlands, gar nicht so weit entfernt von der niederländischen Grenze. Angeblich waren Menschen entführt und zur Prostitution nach Amsterdam verkauft worden, vor allem junge Mädchen.
In der Schule hatte man ihnen immer wieder eingeschärft, sie sollten vorsichtig sein, wenn sie unterwegs waren.
Aber wer hätte gedacht, dass Clowns Menschen von einer Kirmes entführen?
Das ergab keinen Sinn. Oder doch?
Vielleicht, dachte Jores, war ein Kirmesplatz eine gute Tarnung. Tagsüber konnten die Clowns dort arbeiten und abends junge Mädchen entführen, um sie über die Grenze zu verschleppen und zu verschachern.
Falls es hierbei überhaupt um Menschenhandel ging.
Jores zitterte am ganzen Körper. Er hatte Angst, dass er Berit nie wiedersehen würde, wenn er den Lieferwagen aus den Augen verlor.
Dann würde sie vielleicht für immer verschwinden.
Um zur nächsten asphaltierten Straße zu gelangen, musste der Lieferwagen einen weiten Bogen schlagen.
Dadurch fuhr er langsamer und Jores konnte ihn so leichter beobachten.
Als der Lieferwagen eine der Straßenlaternen passierte, gelang es Jores in ihrem Lichtschein einen genaueren Blick auf das Nummernschild zu werfen. Es war vollkommen verdreckt und unlesbar.

Die Clowns schienen alles genau geplant zu haben. Für den Fall, dass sie jemandem auffielen, hatten sie das Nummernschild unkenntlich gemacht.
„Ich schätze, das machen die nicht zum ersten Mal", murmelte Jores.
„Was denn?", fragte Merle.
„Ich glaube, sie wollen die Mädchen nach Amsterdam bringen und verkaufen. Weißt du, diese Entführungsgeschichten von denen sie im Moment immer in den Zeitungen schreiben."
„Ernsthaft?" Merle konnte sich nicht erklären, was gerade passierte. Ihr war nur klar, dass die Mädchen in großer Gefahr schwebten. Sie stellte sich vor, wie es sein musste, wenn man von vier riesigen Clowns entführt und in einen fremden Wagen geworfen wurde. Sie hätte sicher eine Todesangst. Immer noch hatte sie das Bild vor Augen, wie die Mädchen hilflos und an Händen und Füßen gefesselt auf der Erde gelegen hatten.
Bin ich froh, dass es nicht mich erwischt hat, dachte Merle schaudernd.

Die beiden Mädchen in dem Lieferwagen standen unter Schock. Tränen liefen ihnen über die blassen Wangen.
Berit hielt das Ganze für einen Irrtum.
„Die haben uns bestimmt mit jemandem verwechselt", sagte sie zu Debbie.
„Für ... für wen halten die uns denn dann?", fragte Debbie. Sie war so verängstigt, dass sie stotterte.

„Ich hab keine Ahnung, wer diese Typen sind oder was sie wollen", gab Berit zu. „Aber wieso sollte jemand ausgerechnet uns entführen?"
„Vielleicht haben sie uns ausgesucht, weil wir gerade allein unterwegs waren", überlegte Debbie. „Die anderen Mädchen waren alle in Begleitung von Jungs. Die meisten waren in kleinen Gruppen unterwegs. Wir waren als Einzige dumm genug, allein rauszugehen."
„Wir waren nicht dumm. Wer kann denn mit so etwas rechnen?", widersprach Berit.
Aber vielleicht waren sie das doch. Sie kannte ebenfalls die Zeitungsartikel über die Menschenhändler.
Vielleicht hätten sie lieber mit ein paar Jungs rausgehen sollen oder zumindest in einer größeren Gruppe. Dann hätten die Clowns sie bestimmt nicht entführt.
„Ich habe Angst. Ich habe Angst, dass die uns umbringen", stöhnte Debbie.
Vor Furcht klang ihre Stimme ganz rau.
„So'n Quatsch", flüsterte Berit. „Niemand wird hier umgebracht. Wir kommen hier wieder raus."
„Wie denn?"
Berit überlegte kurz, dann fragte sie Debbie: „Wie fest haben sie deine Hände gefesselt?"
Debbie zerrte versuchsweise an dem Seil. „Sehr fest. Sie werden schon langsam taub."
„Meine auch." Berit klang unsicher. „Wenn wir uns mit dem Rücken zueinander legen, können wir uns vielleicht gegenseitig befreien."
„Einen Versuch ist es wert", sagte Debbie. „Bleib da, ich komme zu dir."

Berit blieb still liegen und fragte sich, was sie sonst noch machen konnten. Erst einmal mussten sie versuchen, Hände und Füße von den Fesseln zu befreien. Aber selbst dann waren sie immer noch in dem Lieferwagen gefangen.

Und dann die Clowns - das waren echte Riesen! So große Männer hatte sie noch nie gesehen.

Aber Berit wollte keine negativen Gefühle aufkommen lassen. Sie musste positiv denken. Auch wenn sie davon überzeugt war, dass sie womöglich bald sterben würden.

Nachdem Debbie herüber gerobbt war, konnten sich die Mädchen endlich an den Händen berühren.

„Wir können es nicht gleichzeitig versuchen. Eine von uns muss anfangen", sagte Berit.

„Dann versuche du es zuerst", forderte Debbie sie auf.

„Meine Finger sind schon ganz taub.

Meine auch, dachte Berit, aber das wollte sie nicht zugeben. Entschlossen machte sie sich daran, das dünne Seil um Debbie's Handgelenke zu lösen. Es war mit mehreren Knoten gesichert, die extrem fest zugezogen waren.

Ihre Hände waren mittlerweile so taub, dass sie ihre Finger kaum noch spürte. Sie konnte das Seil um Debbie's Handgelenke berühren, es aber nicht lockern.

„Die haben dich echt gut verschnürt, Debbie", stöhnte Berit.

„Ich weiß. Bekommst du denn die Knoten auf?", wollte sie wissen.

„Ich versuch's", antwortete Berit. Aber die Fesseln gaben kein Stückchen nach. Wahrscheinlich hätte es nicht einmal geholfen, wenn sie gesehen hätte, was sie tat.

„Die bringen uns um", sagte Debbie leise, während ihr noch mehr Tränen über das Gesicht strömten.

„Niemand bringt uns um!", widersprach Berit. Nur zu gern hätte sie geglaubt, was sie da sagte.

Sie waren zu jung, um zu sterben.

Aber sie steckten in einer wirklich üblen Lage. Jetzt konnte sie nur noch ein Wunder retten.

Und an Wunder hatte Berit noch nie geglaubt.

Die Grenze

Wenige Minuten später wählte einer der Clowns eine Nummer auf einem Handy. Sofort meldete sich eine Frauenstimme.
„Ja?" Sie klang abgehackt, als wäre die Handy-Verbindung schlecht.
„Wir ... haben ... sie ... beide." Der Clown sprach langsam und bedächtig, als hätte er Angst, etwas Falsches zu sagen.
„Was meinst du mit beide?", schrie die Frau.
„Eine ... Freundin ... war ... bei ... ihr", stotterte der Clown.
„Das ist nicht gut. Aber fahrt trotzdem wie verabredet zum Flugplatz. Ihr werdet dort erwartet", schrie sie erneut.
„Jawohl ... Mutter."

Die Frau, die der Clown als Mutter angesprochen hatte, ging leise murmelnd zu einem offenen, frei stehenden Regal. Dort drängten sich auf mehrere Ebenen Figuren aneinander. Sie waren etwa fünfzehn Zentimeter groß. Viele von ihnen stellten Clowns dar.
Vorsichtig nahm sie eine der Figuren in die Hand und betrachtete sie stirnrunzelnd.

„Wie es aussieht, wirst du gebraucht, Jacob", hauchte sie.

„Ich weiß nicht, was ich jetzt machen soll", sagte Jores. Ihm war gerade eingefallen, dass es ein Problem geben könnte.
Fragend sah Merle ihn an. „Was meinst du?"
„Dich meine ich. Du sollst doch spätestens um ein Uhr zu Hause sein. Aber ich will den Lieferwagen auf jeden Fall weiter verfolgen. Und wenn er weit fährt, kann ich dich nicht bis um ein Uhr nach Hause bringen", erklärte er.
„Ja und? Es ist erst Mitternacht", antwortete sie. Doch dann begriff Merle, worauf Jores hinauswollte. Ihre Eltern hatten ihr erlaubt, bis ein Uhr auszugehen, und sie erwarteten, dass sich Merle auch daran hielt.
Wenn Merle nicht pünktlich zurückkam, würden ihre Eltern echt sauer werden. Da würde es auch nicht helfen, dass sie mit ihrem Cousin unterwegs war.
„Wenn ich dich jetzt nach Hause bringe, kann ich dem Lieferwagen nicht weiter folgen", erklärte Jores.
„Deshalb weiß ich nicht, was ich machen soll."
Wenn er den Wagen vor sich aus den Augen verlor, würde er ihn nicht wiederfinden. Dann wären Berit und Debbie für immer verloren.
Es wäre natürlich schrecklich, wenn den beiden etwas passieren würde, aber sein Hauptsorge galt natürlich Berit. Er schwärmte schon so lange heimlich für sie, dass es ihm so vorkam, als würde er sie sehr gut kennen.

Dabei hatten sie noch nicht einmal ein paar Worte miteinander gewechselt.
Plötzlich bekam er Angst, dass er sie wirklich für immer verlieren würde.
Und das wollte er auf keinen Fall zulassen. Vor allem nicht nach der Geschichte mit Maria. Seit der Trennung fühlte er sich wirklich elend. Wie ein Versager. Er wäre zu langweilig.
Jores glaubte, Berit könnte das ändern, falls er sie retten konnte.
Dann würde sie ihn endlich bemerken. Vielleicht würde sie sogar erkennen, wie wichtig sie ihm war. Und er könnte mit Berit an der Seite sein Leben noch einmal komplett neu starten.

Im dunklen Wageninneren warf er Merle einen Blick zu.
„Also, was soll ich machen? Dich nach Hause bringen geht nicht. Dich hier einfach raus lassen auch nicht?"
„Ich rufe meine Eltern an", antwortete sie.
„Wahrscheinlich hast du hier kein Netz", vermutetet er. Es war erst ein Moment vergangen, seit sie erfolglos versucht hatten, die Polizei anzurufen.
Jores behielt recht.
Obwohl Merle es mehrere Male versuchte, kam keine Verbindung zustande.
„Vielleicht klappt es, wenn wir nicht mehr in diesem Scheiß Funkloch sind", meckerte sie, lächelte aber hoffnungsvoll.
„Könnte sein", stimmte Jores zu, glaubte aber nicht recht daran. Es kam ihm so vor, als würden die Clowns

die Handy-Verbindung stören. Oder die ganze Welt wäre gegen sie.

Vielleicht kam auch einfach alles zusammen. Eigentlich war das kompletter Unsinn, aber es ergab auch keinen Sinn, warum Berit und Debbie von vier riesigen Clowns entführt worden waren.

Der Lieferwagen war die ganze Zeit ohne Licht gefahren. Auch auf der asphaltierten Straße schalteten die Clowns die Scheinwerfer nicht ein.

Jores fuhr ebenfalls mit ausgeschaltetem Licht, wenn auch sehr ungern. Unter diesen Umständen konnte es leicht zu einem Unfall kommen.

„Kannst du überhaupt genug sehen, so ganz ohne Licht?", fragte ihn Merle, als hätte sie seine Gedanken gelesen.

„Ja, es reicht schon", antwortete er knapp, denn er musste sich auf die Straße konzentrieren. Er wollte nicht zugeben, dass es schon sehr riskant war.

Vor sich sah er den Lieferwagen nur als großen, schwarzen Fleck in der Dunkelheit. Nur wenn der Fahrer des Lieferwagens auf die Bremse trat, leuchteten die Bremslichter kurz auf.

Jores musste dann ebenfalls abrupt bremsen.

„Glaubst du, sie haben schon bemerkt, dass sie verfolgt werden?", fragte Merle angespannt.

„Hoffentlich nicht", antwortete er.

Wie sollten sie es auch bemerkt haben? Jores hatte die Scheinwerfer nicht eingeschaltet, und er war sicher, dass die Clowns sie bei der Kirmes nicht wahrgenommen hatten.

Sie waren so fixiert auf ihre Entführung, dass sie sich überhaupt nicht umgesehen hatten.
Hätten sie es bemerkt, dass ihnen jemand folgt, wären sie doch bestimmt viel schneller gefahren, oder? Sie hätten sicherlich versucht zu fliehen und die Verfolger abzuschütteln.

„Was machen wir nun mit deinen Eltern?", überlegte Jores laut.

Merle schüttelte den Kopf. „Keine Ahnung. Ist mir jetzt auch egal, die beiden sind definitiv wichtiger. Ich verklickere das schon irgendwie meinen Eltern. Sag mal: Was weißt du über diese Mädchen? Du kennst sie?"

„Sie heißen Deborah genannt Debbie und Berit", antwortete Jores.

Fragend zog Merle eine Augenbraue hoch. Ihr war nicht entgangen, wie Jores den Namen Berit aussprach.

„Was ist?", fragte Jores. Ihm war aufgefallen, dass Merle ihn von der Seite ansah.

„Dir geht es wohl vor allem um Berit, oder?", bemerkte sie.

„Wie kommst du darauf?" Er kam sich etwas ertappt vor.

„Deine Stimme klang gleich eine Oktave höher, als du ihren Namen ausgesprochen hast. Bist du in sie verknallt oder was?", wollte sie wissen.

„Ach. Verknallt? Ich weiß nicht", antwortete Jores nur kurz und voller Schamgefühl. Eigentlich wollte er in diesem Moment nicht wirklich über Berit und seine Gefühle für sie reden.

Doch Merle ließ nicht locker.
„Wart ihr mal zusammen aus?"
„Nein!"
„Aber du möchtest gerne mit ihr ausgehen. Stimmt's?", bohrte sie weiter.
In diesem Augenblick schaltete der Lieferwagen die Scheinwerfer ein.
Erst jetzt konnte Jores erkennen, wie viel Abstand sie tatsächlich zu dem Lieferwagen hatten. In kürzester Zeit konnte er mehrere hundert Meter Vorsprung zwischen sie bringen und beschleunigte weiter.
Was jetzt?
Sollte er auch beschleunigen? Aber ohne Licht? Mit eingeschaltetem würden sie ihn doch mit Leichtigkeit bemerken.
„Schalt lieber auch das Licht ein", schlug Merle vor. Die Unterhaltung von gerade war jetzt nicht mehr wichtig.
„Würde ich ja gerne. Aber wie mache ich das am besten, damit es ihnen nicht auffällt?", fragte Jores.
„Natürlich können sie uns dann bemerken, aber es ist verrückt, sie bei der hohen Geschwindigkeit ohne Licht zu verfolgen. Wenn die Polizei uns erwischt, dann halten sie uns an und bis wir uns erklären können ist der Lieferwagen mit den Mädels über alle Berge", erwiderte Merle.
Jores war genervt, denn Merle hatte Recht, ohne Licht fahren war zu gefährlich, dazu noch die hohe Geschwindigkeit. 165 km/h lass er mittlerweile auf dem Tacho. Warum musste es ihm immer so schwer fallen Entscheidungen zu treffen?

Die Polizei würde kein Verständnis dafür haben und bis die beiden den Beamten erklärt hätten, was hier los war, wären die Clowns über alle Berge. Bestimmt würden sie ihnen sowieso nicht glauben und denken, sie würden sie verschaukeln oder hätte was getrunken. Alles wäre umsonst gewesen und dazu hätte er bestimmt auch eine Anzeige bekommen, weil er seinen Führerschein noch auf Probe hatte.
Und das Schlimmste wäre, wenn Berit und Debbie am Ende doch was passieren würde. Er würde sich auf ewig die Schuld daran geben, wenn er erwischt werden sollte.
Deshalb durfte er der Polizei nicht auffallen.
Jores ging ein wenig vom Gas und wartete, bis der Lieferwagen um eine leichte Kurve gefahren war. Widerstrebend schaltete er die Scheinwerfer ein und folgte ihm weiter.
Auf einen Schlag wirkte die Straße viel heller und größer.
Jores fuhr schnell weiter.
Hinter der Kurve bemerkte er, dass der Lieferwagen noch mehr an Vorsprung gewonnen hatte.
„Meine Güte, wie schnell fahren die denn? Wenn sie noch schneller fahren, heben sie glatt ab", meine er.
„Du hast recht. Los! Tritt mal lieber richtig auf das Gas, sonst verlieren wir sie", befahl Merle und klopfte dabei kräftig auf das Armaturenbrett.
Jores trat das Gaspedal durch und der Golf beschleunigte. Sekunden später rasten sie mit fast 180 km/h dem Lieferwagen hinterher.
Wieder musste Jores an die Polizei denken. Wenn man ihn bei dieser Geschwindigkeit anhalten würde, dann

wäre sein Führerschein erst einmal weg und eine saftige Geldstrafe müsste er auch noch bezahlen.

Trotzdem durfte er den Lieferwagen nicht aus den Augen lassen. Er steckte in der Zwickmühle. Ihm blieb nichts anderes übrig, als weiter zu rasen und zu hoffen, dass man ihn nicht erwischte.

„Jores, wir sind viel zu schnell. Bei dieser Geschwindigkeit gehen wir beide noch drauf!", schrie Merle. Sie wollte zwar, dass er schneller fuhr, aber bei dieser Geschwindigkeit bekam sie doch ein wenig Angst.

„Tut mir leid", entschuldigte er sich. „Es geht nicht anders. Wenigstens haben wir Anschnallgurte und Airbags."

„Na super, dann sterben wir halt mit angelegten Gurten und mit von Airbags zerquetschten Gesichtern. Vielleicht solltest du mich doch hier irgendwo raus lassen. Ich finde schon nach Hause", schlug Merle vor und lächelte verkrampft.

„Ich kann dich doch nicht einfach hier mitten in der Nacht an der Straße stehen lassen. Ich weiß auch ehrlich gesagt gar nicht wo wir eigentlich sind. Ich hatte nur den Lieferwagen im Blick. Nachher fahren hier noch mehr verrückte Clowns herum und nehmen dich auch noch mit!", schrie er sie aufgeregt an.

Merle holte tief Luft und atmete nervös aus. Sie wusste auch nicht wo sie genau waren.

„Jores, mir gefällt das gar nicht mehr. Ich habe das Gefühl, dass die Sache etwas zu groß für uns ist", erwiderte sie kleinlaut.

Jores bekam sofort ein schlechtes Gewissen. Er hätte Merle nicht mitnehmen sollen. Schon bei der Kirmes hätte er sie nach Hause gehen lassen sollen. Von Herne aus, wäre es nicht weit nach Bochum gewesen. Das hätte Merle irgendwie hinbekommen.
Er wusste auch nicht, was er ihr darauf antworten sollte.
Er nahm sie nicht gerne mit, vor allem nicht, wenn sie lieber aussteigen wollte, aber sie mitten in der Nacht irgendwo in der Pampa abzusetzen wäre Wahnsinn gewesen.
Seine Mutter hätte ihm das nie verziehen.
„Das ist doch nicht dein Ernst, oder? Du möchtest doch nicht ernsthaft aussteigen?", fragte er und blickte Merle eindringlich an - soweit er das bei 180 km/h überhaupt hinbekam.

Jores hatte das Gefühl, er würde dem Lieferwagen kein bisschen näher kommen. Wenn er den Wagen ganz aus den Augen verlor, würde er sich ziemlich dämlich fühlen.
Nicht nur langweilig, sondern auch noch zu blöd einem Lieferwagen zu folgen. Das wäre nichts für sein Ego. Und wenn er einfach umdrehen würde, standen die Chancen nicht schlecht, dass er sich auch noch verfahren würde.
Er hatte sich in unbekannten Gegenden noch nie gut zurechtfinden können, und im Dunkeln war es noch viel schlimmer. Dazu hatte er jetzt schon die Orientierung verloren und wusste überhaupt nicht, wo sie waren. Gott sei Dank regnete es nicht. Das wäre jetzt noch die Krönung.

„Sei einfach ruhig und fahr weiter", grummelte Merle. Sie hatte eingesehen, dass sie trotz ihrer Befürchtungen bei Jores bleiben musste.

Wenn sie zu spät nach Hause kam, würde sie sich garantiert ziemlichen Ärger einhandeln. Aber vielleicht hätten ihre Eltern auch Verständnis, wenn sie ihnen erklärte, dass Jores und sie zwei entführten Mädchen hatten helfen wollen.

Allerdings würde ihr Vater nicht gern hören, dass sie ihr Leben dabei aufs Spiel gesetzt hatten. Er würde völlig ausrasten und sie hätte im schlechtesten Fall monatelang Hausarrest.

Merle war ein Einzelkind, und ihre Mutter sagte immer, sie wäre für ihre Eltern das Wichtigste auf der ganzen Welt. Dass sie bei ihnen war, sei ein Wunder.

Ihre Mutter hatte mehrere Fehlgeburten und konnte angeblich keine Kinder mehr bekommen. Doch dann wurde sie mit Merle schwanger. Es war ein Wunder.

Falls ihr etwas Schlimmes zustoßen sollte, würde es ihren Eltern das Herz brechen.

Aber Jores und sie mussten den Wagen weiter verfolgen, es gab keine andere Möglichkeit.

„Lass dich nicht abhängen", stieß sie hervor.

„Keine Angst, das mache ich nicht", antwortete Jores. Mit zusammengekniffenen Augen spähte er weiter in die Dunkelheit.

Die Clowns fuhren mittlerweile weit vor ihnen.

Wenn sie plötzlich abbogen, mehr Gas geben oder sogar die Scheinwerfer ausschalten würden, dann würde Jores sie mit Sicherheit verlieren.

Sein Herz hämmerte wild. Er konnte es in seiner Brust richtig spüren.

Hoffentlich weiß Berit das auch zu schätzen, was er hier für sie und Debbie tat, dachte er. Zugegeben, er hatte keine Ahnung, was Berit schätzte und was nicht. Obwohl er seit Monaten für sie schwärmte, wusste er eigentlich nichts über sie. Über ihre Persönlichkeit oder Dinge, die sie mochte.

Aber das wird sich ändern. Wenn ich das hier überlebe, dann werde ich ihr heute Nacht noch sagen, wie toll ich sie finde, dachte er sich.

Nach einiger Zeit erreichten sie einen Grenzübergang. Einen Grenzübergang zu den Niederlanden.

Jores hatte die Niederlande schon oft besucht, aber diesen Übergang kannte er noch nicht.

Wo genau waren sie?

„Du weißt sicherlich auch nicht, wo wir hier sind, oder?", fragte er Merle.

Sie sah ihn fragend an. „Was meinst du?"

„Wo sind wir hier?", wiederholte er.

„Ich weiß es nicht. Ich gebe es nicht wirklich gerne zu, aber ich habe keine Ahnung. Mein Orientierungssinn ist auch nicht gerade der Beste. Wir sind nach Westen gefahren, aber das weiß ich auch nur, weil das hier Holland ist. Da, siehst du das Schild?", kombinierte sie und zeigte in die Richtung in der das Schild stand.

„Fahr einfach dem Lieferwagen hinterher, Jores. Es kommt schon alles wieder in Ordnung", sagte sie noch.

Für den Ernst der Lage klang Merle erstaunlich gelassen. Sie wirkte so ruhig, dass Jores sogar spürte, wie sein Herz wieder langsamer schlug.

„Sie werden langsamer. Vielleicht wollen die an der Grenze anhalten", sagte Merle einen Moment später.
„Stimmt. Du hast Recht. Sie werden tatsächlich langsamer", meinte Jores.
Hier war alles stockdunkel. Es brannte kaum Licht, nur in dem kleinen Häuschen in dem anscheinend Grenzbeamte saßen, war eine Lampe an.
Als der Lieferwagen komplett zum stehen kam, liefen zwei der Grenzbeamten auf den Lieferwagen zu.
Doch plötzlich geschah etwas, was er kaum glauben konnte. Die beiden Beamten wurden voll nach hinten geschleudert. Es sah aus, als hätten die Clowns sie erschossen. Die Männer prallten zurück und blieben reglos auf dem Boden liegen.
Was geschah hier nur?
„Das darf doch nicht wahr sein! Hast du das gesehen?!", schrie Merle entsetzt.
Jores wollte nicht wahrhaben, was er ebenfalls gerade gesehen hatte, deswegen tat er so, als würde er nicht wissen, was Merle genau von ihm wollte. „Was meinst du?"
„Ich glaube, die Wachmänner wurden von den Clowns erschossen", antwortete sie aufgeregt. Merle bemerkte, wie sie ihre Gesichtsfarbe schlagartig verlor. Ihr Herz raste fürchterlich schnell. Es tat schon weh.
Jores wusste nicht was er tun sollte. Weiter fahren? Anhalten? Er bremste leicht ab.

„Was tust du da. Fahr weiter. Du kannst doch jetzt nicht anhalten. Wir müssen weiter dran bleiben!", schrie Merle. Eigentlich hatte sie Todesangst, doch sie konnte doch jetzt nicht aufgeben. Vollgepumpt mit Adrenalin dachte sie an die beiden Mädchen.
„Mensch, Merle. Die haben gerade zwei Menschen kaltblütig niedergeschossen", wandte Jores ein.
„Das weiß ich auch. Ich habe es selbst gesehen. Sollen sie etwa deine Berit und Debbie auch noch umbringen?"
„Nein, aber ..."
„Kein Aber! Du musst einfach dranbleiben. Fahr schon schneller. Ohne uns sind die beiden verloren, denn wie du gesehen hast, schrecken diese Clowns vor nichts zurück. Wir dürfen jetzt nicht aufgeben. Fahr schon schneller, Jores!", befahl Merle.

Während Jores den Wagen wieder beschleunigte, biss er sich vor Aufregung auf die Unterlippe. Er war total nervös, als sie ebenfalls den Grenzübergang passierten.
Es war totenstill hier.
Seine Lippe schmeckte nach Blut, so stark biss er darauf.
Er konnte die beiden Grenzbeamten aus seinem Wagen heraus deutlich sehen. Blutüberströmt lagen sie auf dem Boden und bewegten sich nicht mehr.
Jores musste würgen. Doch Gott sei Dank, hatte er den Würgreflex unter Kontrolle. Sich jetzt und hier im Auto übergeben zu müssen, fehlte ihm auch noch.
Warum waren eigentlich Grenzwachen an der Grenze zu den Niederladen?

Das war doch sonst nicht so?
Es musste etwas mit den verschleppten Personen und dem Menschenhandel zu tun haben. Jores kam da ein Bericht aus den Nachrichten in den Sinn. Deswegen wurde bestimmt nun an allen Grenzen mehr kontrolliert als sonst. Und deswegen mussten die beiden nun ihr Leben lassen.
Hätten sie nicht auch besser reagieren können? Vorsichtiger sein? Doch konnten die Beiden damit rechnen, dass aus dem Lieferwagen sofort das Feuer eröffnet würde?
Wohl kaum. Es war einfach schlimm. Richtig schrecklich.
Scheiße, so was sollte einfach nicht passieren, dachte er.

Merle versuchte ein weiteres Mal nervös mit ihrem Handy die Polizei zu erreichen und nun hatte sie Glück. Endlich bekam sie hier ein Netz.
Sie wählte den Notruf 110 und kam sofort durch. Sie erklärte der Polizistin am anderen Ende der Leitung, was gerade an dem Grenzübergang geschehen war.
„Haben Sie die Tat beobachtet?", fragte die Polizistin.
„Ja, das habe ich. Der Lieferwagen fährt direkt vor uns. Er wird von einem Clown gefahren", antwortete sie, immer noch sehr nervös.
„Von einem Clown?", wollte die Polizistin wissen. „Soll das ein kranker Scherz sein?"
Merle verdrehte die Augen. Glaubte man ihr etwa nicht? Mit so was scherzte man doch nicht. Es machte sie wütend.

„Nein, das ist kein Scherz", antwortete sie. „In dem Wagen vor uns sitzen vier Clowns."

„Meinen Sie das wirklich ernst?", fragte die Polizistin ungläubig, mittlerweile offensichtlich verwirrt.

„Ja, natürlich. Sie haben zwei Mädchen bei sich. Die Clowns haben sie auf der großen Kirmes in Herne entführt und seitdem verfolgen wir sie", versuchte Merle zu erklären.

„Wie heißen Sie?", fragte sie weiter.

„Merle Becker!", schrie sie in den Hörer. Das Gespräch fing an sie zu nerven.

„Warten Sie dort bitte auf die Polizei", wurde sie weiter angewiesen.

„Nein, das geht nicht. Wir können nicht anhalten. Wir verfolgen den Lieferwagen schon seit knapp zwei Stunden. Wir haben gerade die Grenze passiert", erklärte Merle weiter.

„Halten Sie bitte an, und warten Sie auf die Beamten", wiederholte die Polizistin mit Nachdruck. Überqueren Sie nicht die Grenze."

Merle war so sauer. Sie streckte der Polizistin die Zunge heraus und drückte das Gespräch einfach weg.

„War das jetzt so schlau von dir?", fragte Jores nach.

„Etwa genau so schlau wie vier Clowns in einem Lieferwagen zu verfolgen", gab Merle finster zurück. Sie war leicht angepisst von der ganzen Situation.

„Du weißt schon, dass du gerade eben deinen kompletten Namen durchgegeben hast", bemerkte Jores.

„Das weiß ich auch, Jores. Sei einfach ruhig, schau nach vorne und fahr weiter", meckerte sie zurück.

„Merle, du könntest Ärger bekommen."

Sie nickte unglücklich. „Ja, und wenn schon? Ist jetzt auch egal. Vielleicht gehe ich heute Nacht ja auch noch drauf, abserviert von vier Clowns, irgendwo vergraben oder einfach liegen gelassen, wie diese Beamten dort hinten. Da ist Ärger mit der Polizei gerade mein kleinstes Problem. Gib Gas."

Während sie das alles zu Jores sagte, wählte Merle die Nummer ihrer Eltern. Sie wollte mit ihnen sprechen, noch einmal mit ihnen telefonieren, falls sie nicht mehr nach Hause kommen sollte.

Es klingelte nur ein Mal und schon meldete sich ihr Vater.

„Hallo, Papa."

„Merle, wo bleibst du, es ist spät. Mama und ich machen uns schon Sorgen. Wir konnten dich die ganze Zeit nicht erreichen. Ist irgend etwas passiert?", fragte ihr Vater besorgt.

„Könnte man so sagen. Ich wollte lieber anrufen, damit ihr Bescheid wisst, aber ich hing irgendwie ständig in einem Funkloch und konnte euch dadurch nicht erreichen", antwortete sie.

„Was ist denn los, Merle?", fragte er beunruhigt.

„Jores und ich sind da in etwas reingeraten, Papa. Ich kann es nicht gut erklären, es ist so unwirklich. Aber ich fürchte, ich werde vorerst noch nicht nach Hause kommen."

„Wie meinst du das, ihr seid in etwas reingeraten? Merle!", harkte der Vater nach.

„Wir verfolgen vier Clowns."

„Clowns?", wiederholte er ungläubig. Er wusste nicht, ob er das richtig verstanden hatte, deswegen fragte er ein weiteres Mal.
„Ihr verfolgt ... Clowns?"
„Ja. Böse Clowns."
Ihr Vater lachte. „Merle, das ist doch ein Witz. Ein schlechter Witz, aber immerhin. Du möchtest nur keinen Ärger haben, weil du zu spät dran bist. Habe ich Recht?"
„Tut mir leid, Papa, das ist kein Witz. Schön wäre es. Du weißt doch, dass ich mit Jores zur Kirmes wollte. Und..."
„Was, und?"
„Als wir wieder zum Auto gingen, haben wir vier große Typen gesehen, die geschminkt waren wie Clowns. Sie haben zwei Mädchen von Jores' Schule verfolgt und überwältigt, dann haben sie sie in einen weißen Lieferwagen verfrachtet und sind losgefahren. Jores und ich folgen ihnen, da wir die Polizei auf Grund der Funklöcher nicht erreichen konnten."
„Wo seid ihr jetzt genau, Merle?", wollte ihr Vater, nun in einem ernsten Ton, wissen. Er klang sehr angespannt und besorgt. Diese Sache gefiel ihm anscheinend überhaupt nicht, wer mag es ihm verdenken.
„Wir haben soeben die Grenze nach Holland überwert...", wollte sie noch erklären, als sie nur noch ein Rauschen hörte.
„Papa? Papa? Hallo?", rief sie. Doch die Verbindung war weg.
Merle schaute auf ihr Handy. Noch genug Akku.

Es war wohl wieder eines dieser beschissenen Funklöcher. Sie wählte noch einmal die Nummer ihres Vaters, aber es kam wieder keine Verbindung zustande.

„Ach egal jetzt, er weiß ja nun Bescheid", nuschelte sie und steckte das Handy wieder ein.

„Und jetzt?", wollte Jores wissen.

„Nichts. Was soll sein? Halt einfach die Klappe und fahr weiter."

Also hielt Jores die Klappe und fuhr weiter.

Trennung

Widerwillig tätigte die Frau, die von den Clowns Mutter genannt wurde, einen Anruf mit ihrem Handy. Sie musste dem Obersten ihres Ordens über die Situation einen Bericht erstatten. Es lief nicht ganz so, wie sie es sich gewünscht hatte.

„Ja?", meldete sich eine Männerstimme am anderen Ende der Leitung.

„Es ist ein kleines Problem aufgetreten, Oberster", erwiderte sie.

„Welches?", fragte er knapp.

„Meine Jungs haben nicht nur eine Biene im Topf, sondern gleich zwei. Nur eine von Ihnen ist eine Bienenkönigin", erklärte sie.

„Esmeralda, schaff dir die andere vom Hals. Verstanden?!", befahl er.

„Das werde ich. Ich wollte dir nur Bescheid geben, damit du auf dem Laufendem bist. Ich habe jemanden losgeschickt. Er wird mich nicht enttäuschen und kümmert sich um das Problem."

„Das hoffe ich sehr für dich, Esmeralda. Vermassele die Sache nicht. Wir warten alle bereits", warnte er in einem sehr bestimmenden Ton.

„Nein, nein. Ich regele das schon. Wie gesagt, ich wollte mich nur melden und Bericht erstatten."

Sie bemühte sich, nicht nervös zu klingen, aber es fiel ihr schwer. Immerhin war ihr klar, mit wem sie da gerade sprach. Dieser Jemand konnte sie vernichten und er würde es vermutlich auch tun, wenn sie versagen sollte.
„Ja, Esmeralda, das hoffe ich. Ich wünsche keine weiteren Probleme mehr", entgegnete der Mann unerbittlich.
Mit dieser Warnung beendete er das Gespräch.

In Holland konnte Jores die Verfolgung wieder problemlos fortsetzen. Der weiße Lieferwagen fuhr jetzt deutlich langsamer, achtzig km/h etwa. Jores ließ immer einen gewissen Abstand und behielt das Tempo bei.
Nachdem er und Merle sich eine Zeit lang angeschwiegen hatten, suchte Merle wieder das Gespräch.
„Kann ich dich was fragen, Jores?"
„Klar."
„Was machst du, wenn sie anhalten?"
Jores konnte nur den Kopf schütteln. „Weiß ich nicht. Vielleicht die Polizei rufen, aber die glaubt uns ja eh nicht. Das hatten wir ja schon. Keine Ahnung, Merle. Ich würde sagen, das hängt dann von der Situation ab. Ich weiß es, wenn es so weit ist."
„Wie gut ist dein Holländisch?", fragte sie weiter.
„Nicht besonders, aber ich glaube, dass man hier bestimmt auch deutsch versteht, so kurz hinter der Grenze", gab Jores zurück.

„Die Polizisten hier werden vermutlich nicht gerade begeistert sein. Oder?"
„Die Grenzwachen wurden erschossen, Merle", erinnert er sie. „Sie sahen aus, als wären sie tot. Was hätten wir denn machen sollen? Es wird keinem gefallen, dass wir den Clowns über die Grenze gefolgt sind."
„Ich meine ja nur. Irgendwie dreht in meinem Kopf gerade alles durch", erklärte sie.
Als sie an das Gespräch mit ihrem Vater dachte, fühlte sich Merle ganz unwohl.
Er würde sicher stinksauer sein, wenn sie sich wiedersehen. Na ja, wenigstens würde er ihr nichts tun. Schlimmstenfalls würde er ihr monatelangen Hausarrest geben und ihr das geliebte Handy wegnehmen.
Aber egal was geschah, im Vergleich zu Berit und Debbie ging es ihr bombig. Diese armen Mädchen hatten bestimmt Todesangst. Sie waren gefesselt, entführt und in ein anderes Land verschleppt worden. Auf sie wartete sicher ein schreckliches Schicksal.

Der weiße Lieferwagen folgte weiter der schmalen dunklen Straße. Rechts und links waren nur Bäume in der Dunkelheit zu sehen.
Nach einigen Minuten entdeckte Jores ein Schild mit der Aufschrift „Amsterdam 105 km".
Er hoffte, dass die Clowns nicht dorthin fuhren, denn soweit wollte er sich ungern von der Grenze entfernen.
Er musste wieder an die vielen Berichte über den Menschenhandel denken. Ging es hierbei auch darum? Waren sie wirklich hinter einem Menschenhändlerring

her? Das wäre nun wirklich eine Nummer zu groß für die Beiden.
Konnten sie die Mädchen wirklich retten?
„Was haben die Clowns wohl mit Berit und Debbie vor?", fragte er Merle.
„Vielleicht wollen sie die beiden verkaufen. In manchen Teilen der Welt gibt es immer noch modernen Sklavenhandel", erwähnte Merle.
„Du glaubst, sie würden Berit verkaufen?" Jores wurde ganz heiß.
„Warum nicht?", meinte Merle. „Sie ist jung, hübsch und dann auch noch blond. Irgendwer würde bestimmt gut für sie bezahlen."
Bei der Vorstellung zuckte Jores zusammen. Er durfte nicht zulassen, dass Berit verschachert wurde und Debbie natürlich auch nicht.
„Sollen wir vielleicht doch noch mal mit der Polizei sprechen?", wollte er von seiner Cousine wissen.
Vielleicht würden die holländischen Polizisten ihnen glauben,
„Hier hast du mein Handy, mach ruhig", erwiderte Merle und hielt ihm das Handy hin.
„Ganz ehrlich? Ich weiß nicht, was ich sagen soll. Ich weiß nicht wo wir sind und wohin wir fahren. Vielleicht sprechen die doch kein deutsch und denken, wir wären nächtliche Spinner, die sich einen Scherz erlauben."
Jores verließ etwas der Mut.
„Was sollen wir dann machen? Dem Wagen einfach weiter folgen und hoffen, dass uns etwas einfällt, wenn

wir am Ziel ankommen sind? Wo auch immer das sein wird?", fragte Merle bestürzt.
Jores nickte: „Ja, genau."
Merle wurde ganz blass. Eigentlich hatten sie doch nur diese große Kirmes besuchen wollen. Sie wollte Spaß haben und sich mit ihrem Cousin einen schönen Tag machen.
Auf ein solches Abenteuer war sie nicht vorbereitet gewesen.
Zugegeben, es war wirklich aufregend und spannend, aber auch ungemein gefährlich.
Die Clowns wirkten schon durch ihre riesige Statur sehr bedrohlich und dann auch noch diese finsteren Grimassen.
Als Merle daran dachte, wie sie kaltblütig und ohne Skrupel die Grenzbeamten erschossen hatten, zuckte sie innerlich zusammen. Diese Brecher neigten eindeutig zur brutalen Gewalt. Sie waren kaltblütige Entführer und Mörder.
Seufzend blickte Merle, in Gedanken versunken, hinauf in den Himmel. Der strahlende Mond schien ihnen zu folgen.
„Es ist Vollmond", bemerkte sie.
„Stimmt", erwiderte Jores und schaute auch kurz in Richtung Himmel.
Offenbar wurden die Menschen bei Vollmond verrückt, ging es ihm durch den Kopf.
„Glaubst du, die Clowns sind wahnsinnig?", fragte er.
„Ich weiß nicht. Vielleicht ja. Vielleicht auch nicht. Auf jeden Fall sind sie skrupellos", erwiderte Merle.

Jores verzog das Gesicht. „Ich hoffe, dass sie nicht auch noch verrückt sind."

„Ich weiß, was du meinst. Skrupellos und verrückt ist eine gefährliche Mischung", stimmte Merle zu.

Wenig später fuhren die Clowns in ein kleines Dörfchen. Eine Ortsschild hatte Jores leider nirgends sehen können.

Wie es aussah, herrschte schon Nachtruhe. Jores und Merle sahen nirgendwo Lichter.

Dann bog der Lieferwagen in eine Seitenstraße ein und parkte in der Nähe einer kleinen Kneipe. Es war ein schmaler, lang gezogener Bau aus Lehmziegeln. Die kleinen quadratischen Fenster der Kneipe waren mit schwarzer Farbe verdunkelt. Ob dort jemand gerade einen Drink zu sich nahm, konnte man nicht wirklich sehen.

Doch dann sahen sie vor dem Eingang etwa dreißig Harley Davidsons parken.

„Ein Bikerschuppen. Das wird ja immer besser", bemerkte Merle. „Solche Motorradtypen sind nichts für mich."

Jores wusste nicht, was er dazu sagen sollte, aber er war auch nicht gerade davon begeistert. Bei solchen Motorradgangs fuhren zum Teil ziemlich fiese Kerle mit. Echte Schwachmaten.

Natürlich gab es auch andere Leute, die sich einen Traum von einer Harley erfüllten, aber solche Gangs waren etwas anderes. Sie machten meistens Ärger, waren bekannt für krumme Geschäfte, Zuhälterei und sonstige kriminelle Dinge.

Jores parkte ein paar Häuser weiter und beobachtete, wie einer der Clowns ausstieg und zur Rückseite der Kneipe ging.
Kurze Zeit später kehrte er mit einem weiteren Clown zurück.
Noch so ein Clown, dachte Jores. Ist hier irgendwo ein Nest von denen.
Nach einem kurzen und leisen Gespräch am Lieferwagen, Jores konnte leider nichts davon verstehen, ging der neue Clown wieder nach hinten.
Kurz darauf fuhr er in einem alten, schmutzigen, grünen Pick-up vor.
Die offene Ladefläche des Wagens war mit einer schmutzigen Plane abgedeckt. Der neue Clown schlug einen Teil der Plane zurück, dann folgte er dem anderen Clown zu seinem Wagen.
Der eine Clown öffnete die Hecktür des Lieferwagens und stieg ein. Kurze Zeit später tauchte er wieder mit Debbie zusammen auf. Sie schrie und zappelte, aber mit den Fesseln an Händen und Füßen konnte sie sich nicht wehren.

„Wenn du nicht ruhig bist, stopfe ich dir das Maul voll Dreck und klebe es zu", hörte Jores den Clown deutlich schreien.
Es war wirklich schlimm, das alles mit ansehen zu müssen. Doch was sollte er unternehmen? Er konnte allein nichts ausrichten.
Debbie verstummte sofort.
Der Clown reichte sie an seinem Kumpel weiter, der sie dann auf die Ladefläche seines Pick-up warf.

Er schien noch irgendetwas zu ihr zu sagen, dann zurrte er die Abdeckplane wieder fest, und Debbie verschwand darunter.

„Du weißt, was du tun sollst, oder?", fragte der eine Clown aus dem Lieferwagen den anderen.

„Klar."

„Dann beeil dich. Mutter ist sehr aufgebracht", erwiderte er.

„Ja, das weiß ich. Deswegen bin ich ja hier. Ich beseitige das Problem", gab er zurück.

Die beiden Clowns nickten sich noch einmal zu, bevor der Neue sich in den Pick-up setzte und losfuhr.

Jores bekam langsam echt Panik. Die Mädchen wurden getrennt. Was nun?

„Du musst ihnen folgen, Merle. Nimm meinen Wagen", sagte er.

Merle war fassungslos: „Was? Ich? Ich soll ihnen folgen?"

Sie sah ihn an, als wäre er verrückt geworden. „Und was machst du?"

„Ich bleibe bei dem Lieferwagen", sagte er.

Merle konnte nicht glauben, was Jores da gerade sagte.

„Willst du etwa hinterherlaufen oder was?", fragte sie ihn aufgeregt.

Jores schüttelte den Kopf. „Nein. Ich leihe mir eines von den Motorrädern aus."

Entsetzt riss Merle die Augen auf. „Kannst du überhaupt damit fahren? Was ist, wenn das jemand bemerkt?"

„Ja, sicher kann ich fahren. Würde ich denn sonst auf diese Idee kommen? Ich passe schon auf, dass es

niemand merkt, die schlafen bestimmt alle schon", erwiderte er ihr.
Er klang traurig und auch etwas ängstlich. Jores hatte zwar einen Führerschein, aber war schon lange nicht mehr auf einem Motorrad gefahren. Nur was sollte er machen? Die Mädchen wurden getrennt, also mussten die beiden sich nun auch trennen.
„Nimm jetzt meinen Wagen und fahre dem Pick-up nach. Wenn irgendetwas passiert, dann rufe mich an", befahl er.
„Ich will deinen Wagen aber nicht nehmen", widersprach Merle.
„Das ist unsere einzige Chance, Merle. Wenn wir uns nicht trennen, verlieren wir entweder Debbie oder Berit. Es tut mir wirklich leid, aber eine andere Möglichkeit gibt es nicht und ich möchte nicht entscheiden, wen von beiden wir im Stich lassen. Also fahr schon", erklärte Jores.
„Unsere einzige Chance? Eine tolle Chance ist das, Jores", bemerkte Merle.
„Wenigstens können wir jetzt das Nummernschild lesen", bemerkte Jores. „Ruf doch die Polizei an, und gib das Kennzeichen durch, vielleicht können sie dir dann helfen und glauben uns. Kann ja sein, dass der Pick-up geklaut ist."
Als Jores aussteigen wollte, wirkte Merle überrascht. Er meinte es wirklich ernst.
„Wohin willst du?", fragte sie Zähne knirschend.
„Das habe ich dir doch gerade erklärt. Ich muss dem Lieferwagen folgen. Ich kann doch nicht zulassen, dass die Typen mit Berit verschwinden."

Böse sah Merle ihn an. „Und wenn sie mich auch schnappen? Was soll ich dann machen?"

„Das werden sie schon nicht tun. Sie wissen doch gar nichts von dir. Fahr einfach nicht zu dicht auf. Sie haben uns bisher nicht entdeckt, warum sollten sie es jetzt tun?", versuchte er sie zu beruhigen.

„Und was soll ich machen, wenn sie anhalten? Was soll ich dann machen, Jores?", fragte sie noch.

Langsam wurde Jores ungeduldig. Der Pick-up war schon losgefahren und er musste noch immer mit seiner Cousine diskutieren.

„Du hast doch ein Handy", erinnerte er sie. „Merle, es tut mir leid, ehrlich. Aber ich muss jetzt los. Ich muss bei dem Lieferwagen bleiben."

Jores war selbst nicht begeistert von dieser blöden Situation. Aber er war überzeugt davon, dass Berit nie wieder auftauchen würde, wenn er sie nicht im Auge behielt. Zumindest nicht lebend. Er hatte zwar keine Ahnung, was die Clowns mit ihr vorhatten, aber es konnte nichts Gutes sein.

Mit einem wütendem Blick rutschte Merle auf den Fahrersitz. Sie fuhr nicht gerne Auto, schon gar nicht nachts. Fahren konnte sie zwar, allerdings war sie erst 17 und müsste noch einen ihrer Eltern neben sich sitzen haben, nur das wollte sie jetzt nicht auch noch mit Jores ausdiskutieren.

Doch in diesem Fall musste sie wohl tun, was Jores vorgeschlagen hatte. Sie fragte sich nur, was sie machen sollte, wenn der Pick-up sein Ziel erreichte.

Sie warf Jores noch einen sehnsüchtigen Blick zu, doch der lief bereits die Reihe der Motorräder ab und begutachtete jedes sorgfältig.
Merle verstand nicht, warum er das tat. Der grüne Pick-up war bereits losgefahren und hatte bestimmt schon einen beträchtlichen Vorsprung. Mit hämmerndem Herzen startete Merle das Auto und folgte der Straße in der der Pick-up verschwunden war. Am liebsten wäre sie jedoch direkt umgedreht und nach Hause gefahren.
Aber das konnte sie nicht machen. Sie musste dem Pick-up folgen und Debbie helfen.

„Ich ... bin es, ... Mutter."
Der Clown sprach ebenso langsam in sein Handy, wie vorher schon sein Kumpan. Dabei klang er eher vorsichtig als ängstlich, als befürchtete er, etwas Falsches zu sagen.
„Erzähle mir, was passiert ist, Jacob", verlangte die Frau, die er Mutter nannte.
„Ich ... habe ... sie."
„Und Berit? Das blonde Mädchen. Hast du sie gesehen?" fragte Mutter.
„Nein."
Die Frau stieß einen Schrei der Verärgerung aus.
„Weißt du noch, wohin du fahren sollst, Jacob? Und was zu tun ist?", wollte sie wissen.
„Ja ... Mutter."
„Dann ist ja gut. Vermassle es nicht", schrie sie.
„Werde .... ich ... nicht."

„Falls doch, werde ich wirklich sauer. So richtig sauer. Verstanden?!", brüllte sie.
„Ich ... mache ... es ... richtig, Mutter", versprach der Clown.
„Enttäusche mich nicht", drohte sie noch einmal mit eisigem Unterton.
„Mache ... ich ... nicht ... Mutter."

Berit war beinahe ausgeflippt, als der Clown in den Lieferwagen geklettert war. Aus Angst, er würde sie gleich packen und ihr etwas antun, hatte sie laut geschrien. Doch anstatt sie zu holen, hatte er sich Debbie geschnappt und sie nach draußen gezerrt. Dann hatte er die Hecktür einfach wieder zugeknallt, ohne ein Wort zu sagen. Er hatte sie noch nicht einmal angesehen.
Als er verschwunden war, hatte Berit wieder aufgehört zu schreien, aber sie war immer noch schrecklich aufgeregt.
Nun war sie allein.
Wohin brachten sie Debbie nur? Und warum ausgerechnet sie?
Sie war zutiefst verängstigt und konnte sich immer noch nicht vorstellen, was die Clowns von Debbie und ihr wollten.
Sie hatte sich noch nie in ihrem Leben so hilflos gefühlt.
Diese furchtbaren Clowns verschleppten sie irgendwohin, ohne dass auch nur jemand davon wusste. Keiner konnte ahnen, dass sie hier war und niemand konnte ihr zur Hilfe kommen.

Und sie konnte rein gar nichts machen.

Jores sah Merle nach, die in seinem Golf davonfuhr, bis sie aus seinem Blickfeld verschwunden war. Dann wandte er seine Aufmerksamkeit wieder dem Lieferwagen zu.
Alle Clowns waren, nachdem sich einer nach dem anderen kurz die Beine vertreten hatte, wieder eingestiegen.
Einen Moment später wurde der Lieferwagen wieder gestartet und fuhr weiter durch das kleine Dörfchen.
Jores musste sich beeilen, also suchte er rasch die Reihe der Motorräder ab.
Bald fand er eines, dessen Zündschlüssel noch steckte.
So viel Glück hatte er schon lange nicht mehr.
Offenbar machten sich die Biker keine Sorgen, jemand könnte ihre Motorräder anrühren. Und mit Sicherheit würde niemand es wagen, eines zu stehlen - außer Jores.

Die Biker wussten ja auch nicht, wie verzweifelt Jores mittlerweile war. Er hatte keine Ahnung, was er getan hätte, wenn er kein Motorrad mit Schlüssel gefunden hätte.
Die Biker womöglich wecken? Sie fragen, ob sie ihm vielleicht helfen würden?
Zum Glück musste er darüber nicht weiter nachdenken.
Schnell stieg er auf und drehte den Schlüssel, um die Maschine zu starten.

Mit lautem Knattern und einem Knall sprang sie an. Es kam Jores unglaublich laut vor. Hoffentlich hörte es niemand.
Er befürchtete, dass vielleicht doch jemand in der Kneipe den lauten Motor hörte und die Biker alarmiert waren. Falls dann noch die ganze Bande Jagd auf ihn machen sollte, hätte er keine Chance. Er wäre verloren.
Aber es kam niemand nach draußen. Die Lichter blieben aus.
Gott sei Dank. Das hätte ihm gerade noch gefehlt.
Er wartete, bis der Lieferwagen nicht mehr zu sehen war, um ihm einen ordentlichen Vorsprung zu geben, dann fuhr er hinterher.
Die große Maschine war deutlich schwerer, als er erwartet hatte. Er wäre beinahe mit ihr umgekippt, als er langsam wendete.
Im letzten Moment fand er jedoch das Gleichgewicht wieder, gab Gas und raste los.
Er hoffte nur, dass die Clowns das laute Motorrad hinter sich nicht hörten. Wenn sie ihn bemerkten und anhielten, hätte er ein Problem.
Nachdem sie so einfach, die Grenzbeamten erschossen hatten, würden sie vor ihm bestimmt ebenso wenig halt machen.
Auch ohne Waffen waren die vier Clowns für ihn immer noch eine Nummer zu groß.
Und sie hatten Berit.
Wahrscheinlich würden die Vier auf keinen Fall zulassen, dass Berit floh oder gerettet wurde.
Jores glaubte, dass sie das Mädchen eher töten würden.

Was auch immer sie mit Berit vorhatten, sie würden sie bestimmt nicht hergeben wollen. Die Clowns hatten sie doch sicher aus irgendeinem triftigen Grund entführt. Und jetzt würden sie ihre Beute nicht einfach entwischen lassen. Sie würden es zu Ende bringen. Was auch immer es war.

Er dachte auch an Debbie und Merle.

Sie waren jetzt alle auf sich allein gestellt.

Das war ein schrecklicher Gedanke. Hoffentlich ging alles gut. Nur wie?

Um diese schreckliche und verrückte Situation zu überstehen, brauchten sie einander.

Jores überlegte kurz, dann rief er mit dem Handy seinen besten Freund Patrick an.

Patrick meldetet sich sofort, verstand aber kein Wort von dem, was Jores ihm erzählte. Der Motor des Motorrades dröhnte einfach zu laut.

Entmutigt steckte Jores das Handy wieder weg.

„Scheiße, verdammt", fluchte er.

Solange er mit der Harley unterwegs war, konnte er unmöglich telefonieren. Und anhalten wollte er dafür natürlich auch nicht.

Wenigstens war die Verbindung zustande gekommen, das war in den vergangenen Stunden schließlich auch nicht so einfach gewesen.

Jores konnte Patrick später noch einmal anrufen, falls es noch einen weiteren Stopp geben würde.

Jores folgte dem Lieferwagen weiter ins Landesinnere. Mittlerweile konnte er überhaupt nicht mehr einschätzen, wo er war.

Müsste nicht bald mal eine größere Stadt kommen?

Waren sie nicht auf dem Weg nach Amsterdam?
Was waren das hier für Schleichwege?
Jores war sich sicher, dass er den Weg zurück zur Grenze auf keinen Fall selbständig finden würde, falls es ihm gelingen sollte, Berit zu befreien.
Als sein Handy tönte, hörte er gerade so eben den Klingelton. So laut war das Knattern der Harley.
Ein Blick auf das Display zeigte ihm, dass Merle anrief.
Shit. Nicht jetzt.
Aber da musste er rangehen. Er hatte ihr extra gesagt, dass sie anrufen soll, wenn etwas passiert ist. So war es besprochen.

Seufzend fuhr er rechts an den Straßenrand und stellte den Motor aus.
Er sprach schnell, damit der Lieferwagen ihn nicht zu weit davonfuhr.
„Die Pick-up fährt zurück nach Deutschland über die Grenze", sagte Merle aufgeregt am anderen Ende der Leitung.
„Das ist gut, oder?", fragte Jores unsicher.
„Wenn du meinst."
„Komm schon, Merle, das ist gut. Wie schlägst du dich?", wollte er wissen.
„Ich werde so langsam panisch. So alleine ist das schon eine ganz andere Nummer", gestand sie. Eine solche Angst hatte sie noch nie ausstehen müssen.
„Hey, ruf doch Patrick an", schlug Jores vor.
„Wer ist das?"
„Das ist mein bester Freund", sagte Jores.
„Den kenne ich nicht", erwiderte Merle.

„Warte, ich schicke dir sofort den Kontakt. Ruf ihn einfach an. Wenn du zurück über die Grenze gefahren bist, kann er dir vielleicht helfen."

„Und wenn nicht?"

Jores verdrehte die Augen. Solche Einwände wollte er nicht hören. Er wusste doch, das sie aus seinem Freundeskreis noch niemanden kannte. Sie sollte sich jetzt nicht so anstellen.

„Merle, sage ihm einfach, dass du meine Cousine bist. Erzähle ihm, dass Debbie entführt wurde. Dann wird er dir garantiert helfen", erklärte er.

„Ist er nett?", wollte sie noch wissen.

Immer diese Fragerei. Konnte sie nicht einfach mal kommentarlos das machen, was Jores von ihr wollte? Er hatte doch keine Zeit. Gott sei Dank sah er vor sich noch die Rücklichter des Lieferwagen.

„Er ist klasse und wie ein Bruder für mich. Vielleicht will er ja mal mit dir ausgehen", versuchte er sie trotz der Zeitnot etwas zu beruhigen. Er wusste ja, das sie gerne einen Freund hätte und er fand, dass die beiden gut zusammenpassen würden.

Schließlich schickte er ihr Patrick's Kontakt.

„Ruf ihn sofort an, Merle. Erzähl ihm, was los ist. Er hilft bestimmt."

„Ich habe wirklich Angst, Jores", antwortete Merle. Ihre Hände zitterten richtig auf dem Lenkrad und ihr Herz raste.

„Das glaube ich dir. Ist ja auch verständlich. Ich habe auch Angst. Aber überleg mal, wie es wohl Debbie und Berit geht."

Das wollte Merle sich lieber gar nicht erst vorstellen. Bei dem Gedanken an diese fiesen Clowns wurde sie starr vor Angst, dabei befand sie sich noch nicht einmal in ihrer Nähe.

„Ok, ich rufe jetzt Patrick an", sagte sie .

Hoffentlich ging dieses Nacht bald vorüber. Und hoffentlich lebten sie am nächsten Morgen noch. Am besten wäre es, wenn sie einfach aus diesem Alptraum erwachen würden.

„Er hilft dir ganz sicher", versprach Jores noch einmal und legte auf.

Jores wünschte sich, ihm könnte ebenfalls jemand helfen. Aber er wusste, dass er allein klarkommen musste.

Also starrte er wieder die Maschine, legte einen Gang ein und raste mit lauten Harley-Getöse los.

Flugplatz

Debbie dachte, sie wäre so gut wie tot und ihr letztes Stündlein hätte geschlagen.
Denn genau das hatte der Clown ihr zugeflüstert, bevor er die Plane wieder über die Ladefläche gezogen hatte.
„Du bist tot, Mädchen", hatte er gesagt, und diese Worte bekam sie nun nicht mehr aus dem Kopf.
Seine Stimme hatte rau und hart geklungen. Doch viel Angst einflößender waren seine blutroten Augen, die sie anfunkelten.
Sie waren rot. Nicht blau, braun oder grün, sondern richtig rot, wie blutunterlaufen.
So etwas hatte Debbie noch nie in ihrem Leben gesehen. Genauso wenig wie Clowns, die alles andere als lustig waren.
Solange sie mit Berit zusammen gewesen war, hatte sie sich noch zusammenreißen können, aber seitdem der Clown sie auf den Pick-up verfrachtet hatte, war sie starr vor Angst.
Seine bösen Worte hatten ihre Angst noch verstärkt.
„Du bist tot, Mädchen", sagte er immer wieder. Dann hatte er grausam gelacht und seine gelben scharfen Zähne gefletscht.
Ihre Angst schien ihm genauso viel Vergnügen zu bereiten wie die Aussicht, sie endlich zu töten.

In seinen Augen und in seinem Gesicht sah man keinerlei Mitleid. Er war einfach nur böse, abgrundtief böse.

Was war das nur für ein Clown?

Clowns waren doch dazu da, Menschen zum Lachen zu bringen.

Aber dieser Clown hatte etwas völlig unnatürliches an sich. Nichts Menschliches. Irgendetwas stimmte mit ihm nicht. Doch, was war es nur?

Dann verstand sie es langsam. Doch konnte das wahr sein?

War diese Fratze tatsächlich keine Maske oder Schminke, sondern ... sein wahres Gesicht?

Er war nicht geschminkt.

Das war tatsächlich sein wahres Gesicht.

Wie konnte das sein? Debbie begriff es nicht, aber sie war überzeugt davon, dass sie recht hatte.

Es war keine Schminke, keine Maske, sondern wahrhaftig eine abgrundtief hässliche und schreckliche Kreatur..

Und sie war dieser Kreatur nun ausgeliefert.

Bei diesem düsteren Gedanken vergoss sie weitere Tränen, die nun unaufhörlich über ihre Wangen kullerten, bis es brannte.

„Patrick?"

„Ja?", meldete er sich misstrauisch, denn er kannte die Nummer im Display seines Smartphones nicht und es war schon sehr spät. Eigentlich lag er schon im Bett und wollte gerade schlafen.

„Ich heiße Merle."
„Ich kenne keine Merle", sagte Patrick. „Weißt du überhaupt, wie spät es ist?"
Er fühlte sich gestört.
„Ich weiß nicht genau. Nach Mitternacht?", schätze Merle.
„Ganz genau. Schon weit nach Mitternacht meine Gute, um diese Uhrzeit ruft man niemanden mehr an und schon gar keine fremden Leute", stellte er verärgert fest.
„Jores hat gesagt, ich soll dich anrufen", erklärte Merle.
Sie war überrascht, wie unfreundlich dieser Patrick zu ihr war. Er sollte doch so nett sein.
„Jores Hoffmann?", fragte Patrick.
„Ja", antwortete Merle ihm knapp.
Auf einmal wurde er hellhörig. Was hatte diese Merle mit Jores zu tun und warum rief sie mitten in der Nacht bei ihm an?
„Er hat vorhin auch versucht bei mir anzurufen, aber ich konnte ihn nicht verstehen. Ich habe nur Lärm gehört", grummelte Patrick. „Was wollte er?"
„Du musst uns helfen", bat Merle.
Wobei?", fragte Patrick.
„Heute Nacht ist was ganz Verrücktes passiert, Patrick. Wenn ich es dir am Telefon erzähle, glaubst du mir das nie", fing Merle an.
„Dann komm vorbei. Weißt du wo ich wohne?", fragte er und wunderte sich immer mehr.
„Das geht nicht. Ich verfolge gerade einen grünen Pickup. Debbie wurde entführt", erklärte Merle.
„Debbie Schulte?", hakte Patrick nach.
„Ja."

Patrick kannte Debbie sehr gut. Sie waren vor einigen Monaten mal ein Paar gewesen, aber daraus wurde leider nicht wirklich etwas Ernstes. Trotzdem betrachtete er sie immer noch als gute Freundin und hätte nicht gewollt, dass ihr etwas Schlimmes zustieß.
„Was erzählst du mir da? Was ist passiert? Und was habt ihr beide denn damit zu tun?", wollte Patrick wissen.
„Das war völlig irre. Wir waren den ganzen Tag auf dieser großen Kirmes und wollten gerade nach Hause fahren. Du weißt doch - diese Kirmes in Herne?", erklärte Merle.
„Ja, die kenn ich. Du meinst bestimmt die Cranger Kirmes."
„Kann sein, das weiß ich nicht genau. Jedenfalls, als wir gerade zurück zu Jores' Auto wollten, sahen wir vier riesige Clowns, die hinter Debbie und Berit her waren", erklärte Merle weiter.
„Berit? Das ist doch das Mädchen, in die Jores so sehr verknallt ist", bemerkte Patrick. „Und weiter?", fragte er noch. So langsam wurde er neugierig.
„Diese vier Clowns haben sich die Beiden geschnappt und sie in einen weißen Lieferwagen geworfen."
Patrick überlegte.
Was für eine unglaubwürdige Geschichte war das? Wollte sie ihn verarschen, wollte Jores ihm mit ihr einen üblen Streich spielen? Sollte er ihr glauben? Er kannte sie nicht. Jedenfalls hatte sie seine Aufmerksamkeit.
Nach kurzem Schweigen fragte er: „Hattest du nicht gesagt, du fährst hinter einem grünen Pick-up her?"
„Ja das stimmt. Jores hat sich an den weißen Lieferwagen gehängt. Wir sind ihm bis über die Grenze

nach Holland gefolgt, bis in so ein kleines Dörfchen. Dort gab es eine dunkle Kneipe, bis dahin ist der Lieferwagen dann gefahren. Sie haben sich dort mit einem weiteren Clown getroffen und der hatte diesen grünen Pick-up, mit einer Plane über seiner Ladefläche. Einer der Clowns hat Debbie aus dem Lieferwagen geholt und sie hinten auf den Pick-up geworfen", erzählte Merle ausführlich.

„Lebt sie noch?", fragte er. Bei der Frage wurde ihm ganz anders. Er konnte es immer noch nicht glauben was er da gerade hörte. Aber warum sollte diese Merle ihm so eine Geschichte erzählen?

„Ja, sie lebt noch", antwortete Merle.

„Dann ist es ja gut. Was ist mit Berit?", wollte Patrick wissen.

„Das wissen wir nicht. Wir haben sie nicht gesehen. Wir nehmen an, dass sie noch in dem Lieferwagen ist. Deshalb bin ich auch allein. Jores hat gesagt, ich soll sein Auto nehmen und Debbie nicht aus den Augen lassen. Er wollte dem Lieferwagen auf einem Motorrad hinterherfahren", erzählte Merle.

„Auf einem Motorrad?", fragte Patrick. „Woher hatte er das denn auf einmal?"

Die Geschichte wurde immer merkwürdiger.

„Vor der Kneipe stand eine Reihe von Harleys. Er wollte sich wohl eine davon ausleihen und dem Lieferwagen weiter folgen, während ich dem Pick-up hinterherfahre. Jores hatte Angst, dass Debbie sonst für immer verschwindet", erklärte sie ihm.

„Wer sind denn diese Clowns, Merle?", fragte er.

Patrick klang gleichzeitig neugierig und ziemlich besorgt. Mittlerweile fing er nämlich an, ihr zu glauben. Aber so etwas Verrücktes hatte er noch nie gehört.

„Keine Ahnung", gestand Merle. Wir wissen eigentlich gar nichts über sie. Sie sind einfach nur riesig, etwa um die zwei Meter groß, schätze ich, und vielleicht hundert Kilo schwer. Das sind so richtige Brocken!"

Patrick wurde ganz anders. Er dachte kurz nach, dann fragte er: „Und was möchtest du jetzt von mir? Was kann ich tun?"

„Jores dachte, du könntest dich vielleicht mit mir treffen und mich unterstützen. Dann hätte ich Hilfe, wenn der Pick-up irgendwann anhält. Ich bin vor kurzen erst nach Bochum gezogen und kenne mich hier im Ruhrgebiet überhaupt nicht aus", erklärte sie ihm.

Patrick bekam große Augen. „Was soll ich denn machen?"

„Mensch Patrick. Du sollst mir dabei helfen, Debbie vor dem Clown zu retten!", schrie sie ihn an.

„Und wenn dieser Clown eine Waffe hat? Was dann? Ich meine, so ein richtiges Ding und nicht so eine Spielzeugpistole, aus der eine Fahne rauskommt, auf der Peng steht", erwiderte er.

Merle war etwas genervt und gleichzeitig enttäuscht. Es hörte sich so an, als wenn Patrick ihr nicht helfen wollte. Er hatte ja auch irgendwie recht. Es war verrückt.

Wenn sie jemand mitten in der Nacht angerufen und diese Geschichte vom Stapel gelassen hätte, wäre sie auch nicht begeistert gewesen. Und die Angst, dass der

Clown bewaffnet sein könnte, war ja schließlich auch nicht unbegründet.
Gott sei Dank, hatte sie Patrick von den toten Grenzwachen noch nichts erzählt. Und das wollte sie auch lieber für sich behalten. Denn sie hatte Angst, dass er dann auf jeden Fall einen Rückzieher machen würde.
„Patrick, du musst das nicht machen. Wir können auch auflegen und so tun, als hätte es dieses Gespräch nie gegeben. Ich schaffe das schon irgendwie", entgegnete Merle.
Sie war wirklich enttäuscht. Sie hatte gedacht, er würde gerne helfen. Obwohl das ja Blödsinn war. Wer würde schon bei so etwas gerne helfen wollen?
Offenbar wollte Patrick nur herum mosern.
„Jores dachte, es wäre eine gute Idee dich anzurufen. Tut mir leid. Schlaf einfach weiter", maulte sie.
Merle wollte gerade auflegen, doch dann hörte sie Patrick am anderen Ende der Leitung noch etwas rufen.
„Moment mal! Ich habe doch gar nicht gesagt, dass ich dir nicht helfen würde. Ich verstehe nur nicht ganz, was los ist. Das ist doch alles voll krank. Warum wird meine Ex-Freundin entführt? Das ist so unwirklich, wie im Film."
Merle seufzte: „Ich habe dir doch alles erzählt was los ist, mehr weiß ich auch nicht. Vor allem müsstest du dich mit mir treffen. Jores hat mir sein Auto gegeben. Du brauchst nur noch einzusteigen. Und falls es hart auf hart kommt, was ich nicht hoffe, kannst du vielleicht helfen."
„Hast du eine Waffe?", fragte Patrick.

„Nein!", rief Merle entsetzet. „Natürlich habe ich keine Waffe."
Was dachte Patrick sich? Dass junge Mädchen immer eine Knarre bei sich hatten? Wie war er denn drauf?
„Ich habe eine", erwiderte er knapp.
„Kannst du denn auch damit umgehen?", fragte Merle vorsichtig. Sie wollte ihn nicht beleidigen oder an seinem Ego kratzen.
„Ja klar", antwortete Patrick. „Mein Vater und ich sind in einem Schützenverein. Dort habe ich es gelernt. Auf der Kirmes kann ich alles schießen, was ich will, ich treffe immer."
Na super, jetzt fing er auch noch an damit anzugeben. Der Old Shatterhand von Crange oder was? Aber das blendete Merle einfach aus. Das war mal wieder so ein typisches Männergehabe.
„Kannst du auch auf Menschen schießen?", wollte sie wissen.
„Ich denke, ich könnte auf jeden Fall auf Clowns schießen, wenn er einem von uns etwas antun will", erklärte Patrick. „Wo bist du denn jetzt?"
Merle schaute aus dem Fahrzeug. Wo genau war sie jetzt?
Sie hatte schon einige Zeit den Pick-up verfolgt und hatte gar nicht darauf geachtet wohin sie hinfuhren. Erst als das Gebiet wieder dicht besiedelt war und die Schilder am Straßenrand mehr wurden, konnte sie sich wieder ganz gut orientieren. Wie es aussah, waren sie wieder zurück.
Sie waren zurück in Bochum.

So gut kannte sich Merle ja noch nicht aus, deswegen suchte sie weitere Anhaltspunkte, die ihr bekannt vorkamen.
„Hier ist ein Straßenschild mit der Aufschrift Querenburger Straße und etwas weiter sehe ich etwas wie eine futuristische Schule", sagte sie.
„Die Gegend kenne ich. Fährt der Wagen vor dir schnell?", wollte er wissen.
„Nein, er hält sich an das Tempolimit. Hier sind 30 km/h erlaubt", erwiderte sie.
„Ok. Ich fahre jetzt sofort los und komme zu dir. Pass auf, wohin du fährst. Dann kannst du mir sagen, wie ich dich finde, wenn ich in deiner Nähe bin", sagte Patrick.
„Oh, danke, das mache ich", versprach sie. „Wie erkenne ich dich denn?"
„Ich fahre ein schwarzes Opel Astra Cabrio. Ein echtes Schmuckstück. Du wirst es sofort erkennen, wenn du es siehst. Er fällt auf. Vielleicht solltest du dann bei mir einsteigen. Ich fahre wahrscheinlich besser Auto?", sagte er.
Merle verdrehte die Augen. Bäh, was sollte denn diese Bemerkung? Kann der nur protzen oder was?
Es stimmte wohl, sie durfte ja auch noch gar nicht allein fahren, aber mussten die Jungen auch immer raushängen lassen, dass sie angeblich die besseren Autofahrer waren? Dazu wollte sie nichts sagen. Sie schaute noch mal aus dem Fenster, um zu schauen, wo sie jetzt gerade waren.
„Wir sind schon an der Schule vorbeigefahren, dann rechts in den Steinring abgebogen und überqueren jetzt

einen kleinen Kreisverkehr. Mir gegenüber ist eine Kirche", erklärte sie.
„"Ja, die kenne ich. Wohin fährt er jetzt? Rechts oder links?", wollte Patrick wissen.
„Er ist schon oben an der großen Kreuzung und blinkt nach rechts", erklärte Merle weiter.
„Ok, das ist die Wittener Straße. Wo will der bloß hin?", fragte Patrick sich laut.
„Keine Ahnung", erwiderte Merle. Sie kannte sich ja schließlich hier überhaupt nicht aus.
Eine Zeit lang schwieg Merle und folgte dem Lieferwagen weiter möglichst unauffällig, während Patrick aufmerksam horchte, wann die nächste Ansage kam.
„Er blinkt links und fährt in eine Allee. Ich finde aber den Straßennamen nicht, das ist gerade ein wenig unübersichtlich hier", erklärte Merle und hoffte, Patrick wusste, was sie meinte.
Da fiel bei Patrick der Groschen.
„Ich glaube, ich weiß, wohin er will", rief er.
„Wohin denn?", wollte Merle wissen.
„Zum Zentralfriedhof", war seine kurze und knappe Antwort.

Oh nein. Merle fing es an zu gruseln.
Sie hatte da so eine Gabe, über die sie eigentlich nicht gerne sprach. Bisher hatte sie nur ihrer besten Freundin Nina davon erzählt.
Als Merle noch ein Baby war, wäre sie beinahe bei der Geburt gestorben oder besser gesagt, sie war fast tot. Die Nabelschnur hatte sich um ihren Hals gewickelt und

als sie auf der Welt war, war sie schon total blau angelaufen und atmete nicht mehr. Jedenfalls dachte sie, es würde vielleicht daher kommen, dass sie Geister sehen und hören konnte. Sie konnte sogar mit ihnen sprechen. Es kam zwar nicht so häufig vor, aber auf einem Friedhof wären bestimmt viele Geister.

Es war eine Nahtod-Erfahrung und irgendwie gehörte das mittlerweile zu ihrem Leben. Ihre Eltern wussten nichts davon und eigentlich wollte sie auch ganz normal weiterleben und diesen Teil aus ihrem Leben ausblenden. Es sollte niemand davon erfahren, das hatte sie sich irgendwann mal geschworen. Man hätte sie nur als verrückt abgestempelt und womöglich zum Psycho-Doc geschickt.

Nachts auf einem Friedhof. Was würde sie da erwarten?

„Ich hoffe, da spukt es nicht. Denn bei Geistern kann meine Knarre nichts ausrichten", scherzte Patrick.

„Aber ich komme trotzdem und bringe sie mit."

Merle war nicht zum Scherzen zumute.

„Beeil dich", bat sie ihn nur.

„Ich bin schneller da, als du denkst. Bis gleich", sagte er noch und legte auf.

Wahrend des ganzen Gesprächs mit Merle hatte er sich bereits angezogen, nach seiner Pistole und einer Taschenlampe gegriffen. Sein Taschenmesser musste auch noch mit. Das konnte man bestimmt immer gebrauchen.

Patrick hatte bei der Sache kein gutes Gefühl, aber wenn Jores seine Hilfe brauchte, konnte er doch nicht den Schwanz einziehen. Es würde schon alles wieder in Ordnung kommen. Hoffte er zumindest.

Patrick wollte sich nicht einmal vorstellen, dass Debbie und Berit etwas Schlimmes zustoßen könnte. Er war mal mit Debbie zusammen gewesen. Sie war nett, aber mehr war da nicht. Nun war er gespannt auf Merle. Am Telefon klang sie sehr sympathisch. Wenn sie auch nur genauso gut aussah, wie sie klang, dann würde er sie bestimmt gerne etwas näher kennenlernen wollen.
Aber dafür wäre später Zeit. Jetzt musste er ihr erst einmal zur Hilfe eilen.
Patrick war, genau wie Jores, neunzehn Jahre alt. Weil er schon eine eigene Wohnung hatte, musste er sich bei niemandem abmelden. Denn sein Vater kam nur jedes dritte Wochenende nach Bochum zu ihm. Er arbeitete in Hamburg als Chirurg und konnte ihm so ein Leben in einer eigenen Wohnung ermöglichen. Seine Mutter war leider schon vor Jahren verstorben.
Als Patrick die Tür öffnete, ging sein Puls schon viel schneller. Er trat in die dunkle Nacht hinaus und schloss die Tür hinter sich ab.

Eine Sache hatte er Merle nicht erzählt: Er konnte Clowns absolut nicht ausstehen. Schon als Kind hatte er immer solche Angst vor ihnen und fing immer an zu weinen. Oder versteckte sich hinter seinen Eltern.
Ein Clown hatte ihn mal als Kind so sehr erschreckt, dass das bis jetzt immer noch in seinem Gedächtnis hängen blieb.
Er wünschte, Debbie und Berit wären nicht ausgerechnet von Clowns entführt worden, aber das ließ sich wohl nicht mehr ändern. Er hoffte nur, dass er auch wirklich helfen konnte und das den Mädchen nichts

Schlimmes geschah. Er startete den Motor seines Wagen und für mit quietschenden Reifen los.

Jores hatte mit der Zeit Probleme auf der schweren Harley. So eine Maschine war er noch nie gefahren. Die Sitzposition war sehr extrem und das machte ihm zu schaffen.
In der Fahrschule hatten sie meistens viel kleinere Motorräder mit viel weniger Leistung.
Die Harley versuchte immer wieder auszubrechen. Gott sei Dank, schaffte er es, sie jedes Mal wieder unter Kontrolle zu bekommen.
Nach eine Weile fiel sein Blick auf die Satteltasche, die quer über dem Tank gespannt war. Die ganze Zeit war er so in Gedanken bei dem Lieferwagen und bei Merle gewesen, dass sie ihm gar nicht aufgefallen war.
Aus Neugier öffnete er die Tasche und entdeckte darin zu seinem Erstaunen zwei Pistolen und mehrere Messer. Nach diesem Fund wollte er auch wissen, was in der hinteren Satteltasche an der Seite des Motorrades war. Während der Fahrt griff er hinein und zog eine abgesägte Schrotflinte heraus.
Oh mein Gott. Wem gehörte wohl dieses Maschine?
Doch das wollte er eigentlich lieber nicht wissen. Diesem Typen wollte er nicht begegnen. Nicht im Dunkeln und auch nicht sonst wo. Diese Begegnung hätte er womöglich nicht überlebt.

Während Jores dem weißen Lieferwagen immer noch folgte, fielen ihm Hinweisschilder für einen Flugplatz auf. Sie tauchten über mehrere Kilometer hinweg immer wieder auf. Die Kilometer-Angaben auf den Schildern wurden immer weniger.

Also waren die Clowns wahrscheinlich auf dem Weg zu diesem Flugplatz, kombinierte er.

Als Jores das nächste Schild sah, auf dem stand, dass der Flugplatz noch zehn Kilometer entfernt sei, ließ er es drauf ankommen.

Er gab Gas, überholte den Lieferwagen und fuhr weiter in Richtung des Flugplatzes.

Hoffentlich tat er auch das Richtige. Das war jetzt ein wenig wie bei Roulette alles auf eine Farbe setzen, aber er wollte es darauf ankommen lassen.

Rien de va plus, dachte er sich.

Im Vorbeifahren bemerkte er, dass die Scheiben des Lieferwagens getönt waren. Aber weil im Innern Licht brannte, konnte er trotzdem einige der Clowns deutlich sehen.

Sie saßen mit offenem Mund da, und ihre großen gelben Zähne stachen mörderisch nach vorne. Die Augen waren Blut unterlaufen und böse. Sie sahen fürchterlich aus.

„Was sind das nur für Kreaturen?", dachte er.

Doch diese Frage konnte nicht beantwortet werden. Seine einzige Hoffnung war es, Berit von diesen Wesen zu befreien, bevor es zu spät war.

Jores gab Gas und brauste davon.

Wenig später erreichte er den kleinen Flugplatz. Es war eine kleine, etwas heruntergekommne Anlage. Dass diese hier noch regelmäßig benutzt wurde, konnte Jores sich nicht vorstellen.

Die Start- und Landebahn war für große Flugzeuge sichtlich zu klein. Wahrscheinlich war das hier ein kleiner Flugplatz nur für kleine Privatmaschinen. Das Gelände war nicht einmal eingezäunt, es gab auch keine Wachleute, eigentlich gab es hier gar nichts - ganz anders als an den großen Flughäfen, die er kannte.
Hier war alles wie tot. Hoffentlich war er hier richtig.
Sein Herz raste wieder unaufhörlich.
Zähneknirschend folgte Jores der schmalen Straße bis hin zu der dunklen Landebahn.
Als er sich umsah, entdeckte er ein einmotoriges Flugzeug in der Mitte der Landebahn stehen.
Wartete es wohl schon auf die Monster und ihr Opfer?
Wollten sie Berit mit dem Flieger irgendwohin bringen?
Ging es wohl tatsächlich um Menschenhandel? Viele Fragen schwirrten in seinem Kopf herum.
Zögernd fuhr er auf die Landebahn. Dabei sah er sich weiter nach Wachleuten oder Clowns um, konnte aber keine entdecken.
Gott sei Dank.
Als er sich dem Flugzeug näherte, erkannte er daneben im Dunkeln zwei Männer.
Einer von ihnen rauchte und sah ganz normal aus. Er trug eine Jeans und ein weißes T-Shirt.
Der andere hingegen war riesig, ebenso groß wie die Clowns. Nur ohne Clownsgesicht. Er wirkte aber trotzdem irgendwie grotesk.
Seine Zähne waren riesig und schaurig. Er hatte seinen Mund geschlossen, und trotzdem schauten seine Zähne heraus.

Sein Gesicht war sehr stark behaart, aber nicht wie bei Männern die einen Bart trugen, sondern seine Stirn und Teile der Wangen waren ebenfalls mit Haaren bedeckt, die wie weiches, braunes Fell aussahen.
Beinahe wie ein Bär auf zwei Beinen oder ein Tier in Menschengestalt.
Unheimlich. Echt unheimlich. Was waren das für Gestalten?
Jores hatte das Gefühl, dass hier irgendetwas nicht mit rechten Dingen vor sich ging. So was gab es doch in der Realität gar nicht und trotzdem sah er es doch mit seinen eigenen Augen.
„Das ist doch total irre", schoss es ihm durch den Kopf.
Aber dieser beängstigende Gedanke verfolgte ihn schon, seit er und Merle beobachtet hatten, wie Berit und Debbie von den vier Clowns entführt worden waren.

Dieses Flugzeug wartete offenbar tatsächlich auf Berit.
Aber dieses Flugzeug wird sie verpassen, dachte er entschlossen. Er hatte zwar keine Vorstellung, was dann passieren würde, aber das würde er herausfinden.
Herausfinden müssen.
Er würde dafür sorgen, dass dieses Flugzeug den Boden nicht verließ.
Jores fuhr auf der gegenüberliegenden Seite der Landebahn bis zum Flugzeug und holte dabei die Flinte aus der Satteltasche.
Die Männer würden bestimmt durch die Motorengeräusche auf ihn aufmerksam werden, aber sie würden ihn erst sehen, wenn er direkt bei dem Flugzeug

war, denn das Licht des Motorrades hat er bereits bei der Ankunft, an dem Flugplatz, ausgeschaltet.
Mit zusammengebissenen Zähnen bremste Jores ein paar Meter vor dem kleinen Flugzeug abrupt ab und schoss aus kurzer Entfernung auf den vorderen kleinen Reifen.
Der Reifen platzte mit einem lauten Knall sofort auseinander, und das Flugzeug ruckte nach vorn. Der Bug des Fliegers senkte sich Richtung des Bodens.
Triumphierend lächelnd dachte Jores: Das Flugzeug fliegt heute nirgendwo mehr hin.
Wie gut, dass Patrick ihn manchmal mit zum Schützenverein nahm. Das Training mit Patrick's Pistole hatte sich hier und heute bezahlt gemacht.

Der Mann, der mit dem haarigen Typ auf der anderen Seite des Flugzeuges stand, brüllte sofort laut los. Der andere, der Bär auf zwei Beinen, sprang ein paar Mal auf und ab.
Doch plötzlich geschah etwas, was Jores wirklich Angst machte. Der haarige Typ rannte auf einmal dem Motorrad hinterher - auf allen vieren! Wie ein Tier.
Jores konnte nicht glauben, wie schnell dieser Mann war. Er rannte beinahe genauso schnell wie ein Pferd.
War das wohl doch kein Mensch?
Jores hat schon längst wieder Gas gegeben, um das Weite zu suchen. Der Bärenmensch würde Jores auf seiner Maschine zwar nicht einholen können, aber sein Tempo war trotzdem unglaublich. Bestimmt fünfzig, sechzig Stundenkilometer schnell.

Bei dem bloßen Anblick im Rückspiegel erschauderte Jores.

Erst waren da vier riesige, unheimliche Clowns, mit scharfen Zähnen und blutunterlaufenden Augen, und nun verfolgte ihn ein Typ mit haarigem Gesicht, der wie ein Tier laufen konnte.

„In was bin ich da nur hineingeraten? Das ist ja wie in einem schlechten Gruselfilm!", schoss es Jores durch den Kopf.

Dann dachte er wieder an Berit und fragte sich, was diese Leute wohl mit ihr vorhatten. Was wollten solche Kreaturen bloß von einem jungen Mädchen wie ihr?

Nun glaubte er nicht mehr an seine Theorie mit dem Menschenhandel. Es musste etwas anders sein. Nur was?

Aber im Moment war es egal, weil dieses Flugzeug erst einmal nirgends mehr hinfliegen würde.

Als Jores das Ende der Landebahn erreichte, war das haarige Wesen nicht weit hinter ihm, es wirkte jedoch erschöpft.

Er wendete scharf, hatte dabei zwar etwas Schwierigkeiten die Harley unter Kontrolle zu behalten, aber es klappte. Dann raste er den selben Weg zurück, schlug dabei aber einen Bogen um das haarige Wesen, das auf ihn zulief.

Doch auf einmal blieb das Wesen am anderen Ende der Landebahn stehen.

Wartete es auf etwas?

Wahrscheinlich auf den Lieferwagen, dachte Jores. So langsam müsste er ja hier auftauchen.

Der andere, halbwegs normale Mann, hatte sich von dem Flugzeug entfernt und ging nun auf ein kleines blaues Abfertigungsgebäude neben einem Parkplatz zu. In dem kleinen Gebäude brannte ein schwaches Licht.

Kurz darauf traf der weiße Lieferwagen ein.
Er fuhr langsam auf die Landebahn zu und hielt direkt neben dem Flugzeug.
Sein Ziel war eindeutig.
Also hatte Jores recht. Das Flugzeug war für Berit gedacht. Wohin wollten die Clowns sie nur bringen? So viele Fragen schwirrten durch seinen Kopf. Es wurden immer mehr, je weiter die Nacht fortschritt.
Hätte er bloß eine Idee, wie er Berit befreien und nach Hause bringen konnte. Es war zum Verzweifeln.
Der Lieferwagen hielt an und sofort sprangen drei der Clowns aus dem Wagen.
Einer von ihnen ging zu dem Bugrad des Flugzeuges und betrachtete den zerschossenen Reifen neugierig. Er war sichtlich verärgert und trat wütend gegen das Rad.
In diesem Moment erreichte auch das haarige Monster, das Jores gerade noch verfolgt hatte wieder das Flugzeug. Es richtete sich auf, bis er wieder auf zwei Beinen stand, und redete aufgeregt mit den Clowns.
Jores hörte ihre lauten Stimmen, konnte jedoch nicht verstehen, was sie sagten. Immerhin war klar, dass sie sehr wütend über den kaputten Reifen waren.

Auf eimal drehten sich alle wie auf Kommando um und sahen zu Jores auf seinem Motorrad hinüber. Er hatte mittlerweile wieder gestoppt und stand in sicherer

Entfernung unter einer der großen Eichen am Rand der Startbahn.

Jores wurde ganz anders, als ihn alle anstarrten. Es war so unheimlich. Diese bösen Augen, diese fletschenden Zähne.

Er glaubte zwar nicht, dass sie ihn einholen konnten, auch nicht mit dem Lieferwagen. Denn mit der Harley konnte er überall hin und sogar enge Stellen passieren, durch die der Lieferwagen nicht passen würde.

Aber die Clowns waren zu viert. Was würden sie wohl unternehmen? Irgendetwas hatten sie vor?

Sie besaßen Waffen, das wusste er. Sie hatten schließlich die Grenzwachen erschossen. Aber er war ziemlich weit weg. Etwa 200m trennten ihn von den Monstern und Berit. Würde das reichen, war er außerhalb ihrer Schussreichweite?

Er beobachtete die Szene weiter, aber ihre Waffen sah er nicht.

Sie schauten ihn nur an und unterhielten sich dabei mit diesem haarigen Wesen.

Dann wandten sie sich überraschend wieder von ihm ab. Sie wussten, dass er da war, aber nun beachteten sie ihn anscheinend nicht mehr.

Jores fragte sich, wo der Typ blieb, der in das kleine Gebäude gegangen war. Er war noch nicht wieder aus dem Abfertigungsgebäude zurückgekommen.

Er überlegte, ob er einfach schnell zum Lieferwagen fahren, Berit befreien und mit ihr davon düsen sollte.

Aber das wäre definitiv zu riskant. Die Clowns waren direkt daneben und wenn sie sich auch so schnell wie

dieses Tier bewegen konnten, würden sie ihn bestimmt in Stücke reißen.
Jetzt durfte er keinen überhasteten Fehler machen, sonst würden sie ihn schnappen und Berit wäre verloren.
Diese Typen könnten dann mit ihr tun, was immer sie wollten. Niemand würde ihr mehr zu Hilfe kommen können.

Gezeichnet von Nina Kühnhenrich

Geister

„Mutter ... wir ... haben ... ein ... Problem."
„Was ist denn jetzt schon wieder?", fragte die Frau wütend.
„Platter ... Reifen."
„Ihr habt einen Platten?", schrie sie.
„Am ... Flugzeug ... ist ... ein ... Reifen ... kaputt."
„Das ist jetzt nicht dein Ernst?", brüllte sie.
„Doch ... Mutter."
„Könnt ihr das irgendwie reparieren?", fragte sie.
„Erst ... morgen."
„Warum erst morgen? Wie ist das passiert?", wollte sie wissen.
„Jemand .... hat ... ihn ... zerschossen."
„Zerschossen? Wer?", knurrte sie. Sie merkte wie die Wut sie durchströmte.
„Ein ... Typ ... auf ... einem ... Motorrad."
„Was für ein Typ? Ist er noch da?", zischte sie erneut.
„Vielleicht."
„Was vielleicht, vielleicht? Findet und tötet ihn. Schafft ihr das, ihr Trottel?", fragte sie.
„Was ... ist .. mit ... dem ... Mädchen?"
„Ihr habt sie noch, oder?", wollte sie wissen. Das fehlte ihr auch noch, wenn diese blöden Nichtsnutze das Mädchen verlieren würden.

„Ja."
„Bringt sie zu mir. Heute Nacht kann sie hierbleiben. Morgen schicken wir sie dann weg, sobald das Flugzeug repariert ist."
Nach einer kurzen Pause sagte sie noch: „Vergesst nicht, diesen Typen zu töten!"
„Ihn ... töten?"
„Ja, ihn töten. Beeilt euch, und bringt danach die Kleine her. Um sie geht es überhaupt."
„Ja ... Mutter."
„Macht schnell. Und wehe, es geht noch etwas schief!", schrie sie.
„Ja ... Mutter."

Kurz darauf stiegen zwei Clowns in den Lieferwagen, während die beiden anderen bei dem Flugzeug blieben.
Sofort rasten sie mit dem Lieferwagen direkt auf Jores zu und wollte ihn offensichtlich rammen.
Jores durfte sie nicht zu nahe herankommen lassen. Er wusste, dass diese Typen skrupellos waren.
Wenn sie die Möglichkeit hätten, dann würden sie ihn einfach umfahren.
Als sie noch knappe zehn Meter entfernt waren, gab Jores Vollgas. Er hielt auf das Ende der Landebahn zu.
Dabei dachte er an Berit, weil er ihr nicht helfen konnte. Sie war immer noch in diesem Lieferwagen gefangen.

Er musste jetzt erst einmal vor diesen Clowns fliehen.

Wie erging es wohl Merle und Patrick gerade? Hatten sie vielleicht schon Erfolg und konnten Debbie womöglich sogar befreien?

Am liebsten hätte er Merle angerufen, um danach zu fragen. Doch das war zur Zeit aussichtslos.

Solange ihm der Lieferwagen folgte, musste er sich erst einmal selbst in Sicherheit bringen.

Jores schaute auf die Tankanzeige und erschrak. Nicht einmal mehr Viertel voll. Wie lange konnte man damit überhaupt fahren? Motorradtanks waren ja nicht besonders groß.

Seufzend verließ Jores die Landebahn querfeldein in Richtung der Straße, die zu dem Flugplatz geführt hatte.

Er konnte dort nicht mehr bleiben, musste fliehen und einen neuen Plan schmieden, wie er Berit befreien könnte.

Mit der Harley konnte er zwischen den vereinzelten Bäumen verschwinden, die abseits der Landebahn standen. Hierher konnte der Lieferwagen ihm nicht mehr folgen.

Jores hatte die richtige Entscheidung getroffen. Nach ein paar Minuten gab der Lieferwagen die Verfolgung auf und kehrte zu den anderen beiden Clowns zurück. Nachdem alle anderen eingestiegen waren, wendete der Wagen und fuhr denselben Weg, den sie gekommen waren, zurück, zurück zu dem kleinen Dörfchen.

Im Lieferwagen waren alle nervös.
Sie hatten versagt.
Was würde Mutter dazu sagen?

Einer der Clowns sagte: „Mutter wird sicher fürchterlich böse sein, weil wir ihn nicht getötet haben."
„Jemanden auf einem Motorrad kann man nicht so leicht fangen und töten. Sag ihr einfach, er sei entkommen", antwortete ein anderer.
„Sag du es ihr doch", bat der Erste, der gesprochen hatte, ängstlich.
Doch der Zweite sagte dazu nichts mehr.
Seufzend fuhr der Clown am Steuer weiter. Er hatte dazu nichts gesagt, nur alles mit angehört. Aber er wusste, dass Mutter das überhaupt nicht gefallen würde. Sie würde ausrasten und sie alle fürchterlich bestrafen.

Jores fragte sich, ob sie nun wieder den kompletten Weg zurück nach Deutschland fahren würden. Vielleicht sogar nach Bochum zurück?
Aber wohin sie auch fahren würden, er würde ihnen folgen. Solange bis ihm das Benzin ausging. Das hoffentlich nicht passierte.
Er durfte nicht zulassen, dass Berit etwas zustieß.
Inständig hoffte er, dass er selbst bei dieser ganzen Sache nicht draufging.

Patrick traf sich in der Nähe des Bochumer Zentralfriedhofes mit Merle.
Sie stellte den Golf am Straßenrand ab, warf die Schlüssel unter den Fahrersitz und stieg in Patricks Opel.
Patrick bekam große Augen.

„Hallo", begrüßte er sie grinsend, denn er sah auf den ersten Blick, dass Merle verdammt gut aussah, mit ihren langen roten Haaren und den vielen süßen Sommersprossen im Gesicht.
„Hallo", antwortete Merle lächelnd.
Ihr gefiel Patrick auch, mit seinen dunklen kurzen Haaren und seinen schönen braunen Augen.
Trotzdem war sie völlig nervös und ihr Herz raste wie wild. Das war wohl das Adrenalin, dass sich in ihren Adern im Laufe der mittlerweile langen Nacht angesammelt hatte. Sie wünschte sich, einfach nur nach Hause fahren zu können.
Das hier, war einfach zu aufregend für sie. Dazu kam auch noch die Angst vor ihren Eltern. Sie werden garantiert sehr böse auf sie sein. Denn sie würden nicht gerne hören, dass Merle sich auf so etwas Verrücktes und dazu noch Gefährliches eingelassen hatte.
Patrick brach als erstes die Stille und sagte etwas.
„Debbie liegt also hinten auf der Ladefläche?", wollte er wissen und deutete auf den grünen Pick-up vor ihnen.
Er parkte direkt vor dem Haupteingang des Friedhofes.
„Ja", antwortete Merle.
„Hast du vielleicht eine Idee, wie wir sie da rausholen können?", wollte er noch wissen.
Merle schüttelte den Kopf.
„Vielleicht sollten wir die Polizei rufen?", schlug Patrick vor.
Doch Merle schüttelte ein weiteres Mal ihren Kopf.
„Das bringt nichts. Die glauben uns sowieso nicht. Das hatte ich schon mit Jores probiert, als ....", beinahe hatte sie sich versprochen. Sie wollte auf gar keinen Fall vor

Patrick erwähnen, dass die Clowns die Grenzwachen kaltblütig erschossen hatten.

„Als was?", fragte er jedoch nach.

„Als ich ihnen erzählt habe, dass wir vier Clowns verfolgen, die zwei Mädchen entführt haben. Hat sich die Polizistin nicht so angehört, als würde sie uns glauben. Wir sollten anhalten und auf die Polizei warten, obwohl wir ihr erklärt haben, dass wir immer noch diesen verdammten Lieferwagen verfolgen", erzählte sie weiter.

„Na ja, das ist ja wirklich nicht gut gelaufen", bemerkte Patrick.

Merle zuckte mit den Schultern. „Na ja, wir haben es wenigstens versucht."

„Du bist echt mutig", stellte Patrick fest.

Welche Angst sie, als sie den Pick-up allein verfolgt hatte durchlebte, erzählte sie ihm ja gar nicht.

Sie hatte befürchtete, der Clown könnte sie bemerken, ebenfalls schnappen, fesseln und auf die Ladefläche werfen.

Sie wünschte sich vom Herzen, sie wäre zu Hause geblieben. Die Nacht hatte sich für sie zu einem Alptraum entwickelt.

Ein Alptraum aus dem sie einfach nicht aufwachte.

Sie hatte sich sehr darüber gefreut, dass Jores mit ihr zur Kirmes gefahren war, aber verrückte Clowns zu verfolgen, das stand an diesem Tag nicht auf ihrer To-Do-Liste.

„Nein, du irrst dich. Die meiste Zeit hatte ich die Hosen gestrichen voll", gestand sie doch.

„Das sieht man dir aber gar nicht an", bemerkte Patrick und war echt beeindruckt.
Skeptisch schaute Merle Patrick an.
„Stimmt aber, das kannst du mit ruhig glauben."
Merle wäre am liebsten im Golf sitzen geblieben und nach Hause gefahren. Doch sie konnte diese Debbie doch nicht im Stich lassen.
Sie kannte sie zwar nicht, aber das tat nicht zur Sache.
Sie müsste ihr helfen und versuchen, sie aus dieser Lage zu retten.

Der Clown saß immer noch in seinem grünen Pick-up. Was machte er da nur? Es tat sich nichts. Bei Merle macht sich langsam Müdigkeit breit und sie merkte, dass die lange und aufregende Nacht viel Energie gekostet hatte.
Nach kurzem Schweigen, fragte Merle: „Was will denn jemand nachts auf einem Friedhof?"
„Nichts Gutes, nehme ich mal an", befürchtete Patrick. Er überlegte kurz. „Vielleicht will er sie umbringen und dann sofort hier begraben."
Merle zuckte zusammen. „Oh nein, hoffentlich nicht."
„Wenigstens habe ich meine Pistole dabei", bemerkte er und deutete auf den Rücksitz.
Sie lag neben der Taschenlampe, die er ebenfalls mitgebracht hatte.
Er hatte noch nie auf einen Menschen gezielt, aber wenn es nicht anders ging, könnte er dann auf den Clown schießen?
Ob er das fertigbrachte, wusste er nicht.

Aber wenn er Debbie damit das Leben retten konnte, würde es ihm wahrscheinlich nicht allzu schwerfallen.
Plötzlich stieg der Clown aus und öffnete die großen Tore des Haupteinganges.
War das ein Brecher. Patrick erstarrte. Was war das denn für ein Koloss?
Kurz darauf sprang er wieder in den Pick-up und fuhr durch das Tor auf das Gelände des Zentralfriedhofes.
Patrick kannte den Friedhof. Das Gelände war sehr groß und weitläufig.
Mit dem Auto durfte man dort selbstverständlich nicht fahren, doch das war ihnen jetzt egal.
Mit ausgeschalteten Scheinwerfern folgte er langsam dem grünem Pick-up auf den Friedhof.
Er fragte sich, was wohl als Nächstes passieren würde.
„Merle, achte du doch mal bitte darauf, ob du jemanden dort draußen sehen kannst. Vielleicht wird unser Freund von irgendjemandem erwartet", bat er sie.
Merle nickte zustimmend.
Als sie in die Dunkelheit schaute, entdeckte sie, wie schon befürchtet, mehrere verschwommene Gestalten. Geister.
Manche wirkten recht freundlich, schwebten hin und her, andere hingegen wirkten regelrecht feindselig.
Doch alle hatten dasselbe Ziel. Sie folgten ebenfalls dem grünen Pick-up.

Was sollte Merle tun?
Das hatte doch etwas zu bedeuten.
Sie nahm all ihren Mut zusammen und fragte Patrick: „Kannst du auch die Geister sehen?"

Ihr war klar, das er sie jetzt für total bescheuert halten würde.
Diese Frage würde jeder für bekloppt halten.
„Was für Geister?", fragte er wie erwartet zurück.
„Die, die ebenfalls dem grünen Pick-up folgen."
Patrick schüttelte den Kopf. „Ich kann gar nichts sehen. Vor allem keine Geister."
Wollte Merle ihn auf den Arm nehmen?
Was sollte dieser Blödsinn?
War diese Situation nachts auf dem Friedhof nicht schon aufregend genug?
Musste sie jetzt auch noch Gruselgeschichten von Geistern erfinden?
„Tut mir leid Patrick, du glaubst mir bestimmt nicht. Aber ich kann wirklich Geister sehen. Bitte, bitte glaube mir. Ich denke nämlich, es hat etwas zu bedeuten, dass sie alle dem Pick-up folgen", versuchte sie sich und Patrick zu erklären.
Es war ihr klar, das es sich total schwachsinnig anhörte, aber vielleicht war jetzt einfach der Zeitpunkt gekommen zu ihrer Gabe zu stehen.
Patrick runzelte die Stirn. Merle schien es wirklich ernst zu meinen. Sie schaute ihn eindringlich an.
„Hast du eine Ahnung, was das bedeuten kann?", fragte er sie.
„Der Tod. Geister folgen immer dem Tod", antwortete sie.

Das Grab

Patrick wusste nicht, was er davon halten sollte. Das Mädchen war doch irre. So hübsch, aber sie hatte wohl nicht alle beieinander.
Dabei wirkte sie absolut ernst.
Konnte da etwas dran sein? Konnte Merle wirklich Geister sehen?
„Sie wollen zu dem Pick-up", flüsterte Merle und konnte den Blick nicht von den Geistern ablassen.
So viele Geister auf einmal hatte sie noch nie gesehen.
Sie kamen aus allen Ecken des alten Friedhofes.
„Wer will zum Pick-up?", fragte Patrick. Ihm wurde so langsam unheimlich zumute. Auch die Pistole in seiner rechten Hand gab ihm in diesem Moment keine Sicherheit.
„Na, die Geister", erwiderte sie nur, als ob es das Selbstverständlichste auf der Welt wäre.
„Wieso kann ich sie denn nicht sehen?", fragte Patrick. Er überlegte immer noch, ob Merle ihn nicht nur aufziehen wollte. Manche Leute hatten vielleicht ihren Spaß damit, anderen einen Bären aufzubinden, selbst in solchen Situationen.

„Keine Ahnung", antwortet Merle. „Aber du kannst mir wirklich glauben, sie sind da. Es sind sogar verdammt viele."

„OK, ich glaube dir. Jedenfalls versuche ich es", gab Patrick zurück. „Wie sehen sie aus?" Er wollte sich auf das Spiel, oder was es auch war, einlassen.

„Durchsichtig, wie Nebel", erklärte Merle ihm. „Sie haben keine festen Körper, nur schemenhafte Umrisse."

Die meisten hatten kaum noch Ähnlichkeit mit ihrer früheren Gestalt, die sie zu Lebzeiten hatten. Das hatte Merle schon in der Vergangenheit immer verwundert. Früher dachte sie, wenn man als Geist weiterlebt oder weiter spukt, dann würde man genauso aussehen wie zu Lebzeiten.

Aber meist war es anders.

„Wie viele siehst du denn, Merle?", fragte Patrick. Er versuchte, das flaue Gefühl im Magen, was langsam hoch kam, zu ignorieren.

Erst Clowns und jetzt auch noch Geister. Wem würden sie als nächstes begegnen? Vielleicht Vampiren oder gar Dr. Frankenstein? Vielleicht gab es ja auch noch Werwölfe. Vollmond hatten sie ja schließlich in dieser Nacht. Das würde ja passen.

Jedenfalls nahm diese Nacht echt unerwartete Formen an.

„Ich weiß nicht genau, wie viele Geister es genau sind", antwortete Merle auf Patricks Frage. „Vielleicht zehn oder auch zwölf. Können auch etwas mehr sein."

Doch in weiter Entfernung sah sie schon, dass noch welche dazu kamen.
Merle wusste nicht, ob sie das auch noch erwähnen sollte. Die meisten bewegten sich sehr langsam, aber alle hatten dasselbe Ziel.
Den grünen Pick-up.
Patrick sträubten sich die Nackenhaare.
„Das ist echt kein Scherz, oder Merle?", fragte er. Es ärgerte ihn, dass seine Stimme zitterte. Er wusste einfach nicht, was los war. Er wollte ihr ja glauben, aber es war so unheimlich. Gegen Geister konnte man doch nichts ausrichten. Die waren ja schon tot. Was nütze ihm da die Pistole in seiner Hand?

Merle konnte es ja verstehen. Es hörte sich alles echt geisteskrank an, aber wie oft sollte sie ihm denn noch versichern, dass sie die Wahrheit sagte?
„Nein, Patrick. Das ist kein Scherz. Natürlich nicht. Mit so etwas scherzt man doch nicht", versicherte sie ihm und hoffte, dass es jetzt reichte.
„Kannst du sie denn nicht sehen?", fragte sie Patrick noch.
Sie hoffte etwas, dass sie nicht die Einzige mit dieser Gabe war.
Sie hatte noch nie jemanden getroffen, der ebenfalls Geister sehen konnte. Jedenfalls hatte es ihr noch nie jemand erzählt. Auch entfernt hatte sie noch nie von Menschen mit dieser Gabe gehört. Vielleicht redeten diese Menschen nur nicht darüber.
Sie ahnte in diesem Moment nicht, wie einzigartig sie war.

Patrick schüttelte den Kopf. „Von dem, was du beschrieben hast, sehe ich nichts. Rein gar nichts, keine Umrisse und auch keinen Nebel."
„Ich habe mal in einem Buch gelesen, dass Geister wissen, wann jemand stirbt und sie sich an der Stelle versammeln", erzählte Merle. Patrick hatte immer noch ein mulmiges Gefühl in der Magengegend.
„Was glaubst du denn, wer dran glauben muss?", fragte er, obwohl er die Antwort schon ahnte. Warum sollten die Geister sonst dem grünen Pick-up folgen.
Es musste um Debbie gehen. Lag sie vielleicht sogar schon tot unter der Plane des Wagens?
Er hatte sie noch nicht erblicken können.
Er hoffte nur, dass ihn und Merle nicht das gleiche Schicksal erwartete.

„Debbie", antwortete Merle wie erwartet.
Patrick nickte, und Merle fuhr fort: „Ich glaube, der Clown will sie umbringen und ..."
„Und hier begraben", beendete Patrick den Satz für sie.
Er bekam eine Gänsehaut und ein kalter Schauer durchfuhr ihn.
Patrick rieb sich die Arme, doch das half nichts. Seine Nervosität wurde davon eher noch schlimmer. Am liebsten hätte er sich einfach in Luft aufgelöst. Einfach weg aus dieser verfahrenen, unheimlichen Situation.
Dieser scheiß Friedhof.
Wo war er da nur hineingeraten?

Aber er konnte Merle unmöglich mit diesem ganzen Mist allein lassen. Das war nichts für so ein junges Mädchen.

Ob die Geister ein böses Omen waren? Er hoffte inständig, dass es nicht so war.

Er wünschte sich, er könnte die Geister auch sehen. Dann wäre es deutlich leichter, Merle zu glauben. Und er könnte sich ein besseres Bild von der ganzen Situation machen.

Dann war er aber doch froh, dass er es doch nicht konnte. Er wusste nicht, was er tun würde, wenn er auf einmal einen Haufen Geister sehen würde.

Der Pick-up hielt am Ende des Friedhofs an, und der Clown schaltete die Scheinwerfer aus.

Patrick hielt ebenfalls an. Er und Merle standen etwa hundert Meter entfernt hinter einer kleinen Gruft. So, dass der Clown sie nicht sehen konnte.

„Jetzt sind noch mehr Geister da. Vielleicht vierzig oder auch fünfzig. Ich kann es nicht genau schätzen", erwähnte Merle. Sie klang nicht einmal überrascht.

Die Geister waren wie aus dem Nichts aufgetaucht. Von überall kamen sie plötzlich her.

„Ich habe noch nie so viele an einem Ort gesehen. Das kann nichts Gutes heißen", erwiderte sie noch.

Patrick sah nichts, außer der Dunkelheit, den Grabsteinen und eben diesem grünen Pick-up vor ihnen.

„Siehst du wirklich so viele?", fragte er nervös.

„Ja, es sind wirklich verdammt viele", versicherte Merle ihm. Auch sie rieb sich die Arme, weil sie ebenfalls eine Gänsehaut bekommen hatte.

Sie sah nicht gerne Geister, vor allem nicht in so einer unsicheren Situation wie dieser und dann auch noch nachts im Dunkeln auf einem Friedhof. Das war so ein typisches Gruselfilm-Klischee.
Dass Debbie etwas zustoßen könnte, war eine schreckliche Vorstellung, aber auch Merle und Patrick drohte Gefahr. Das war Merle klar.

„Vielleicht sollten wir lieber von hier verschwinden", sagte Patrick leise. Er schämte sich, weil er sich wie ein Feigling benahm.

„Wegen der Geister?", wollte Merle wissen.

„Ja", entgegnete er.

„Nein, das ist nicht nötig. Du brauchst vor ihnen keine Angst zu haben", erklärte Merle. „Sie werden uns nichts tun."

„Bist du dir sicher?", wollte Patrick wissen. Er kannte nur böse Geister aus den Filmen. So wie den Poltergeist oder solche Horror-Geschichten. Dass die ungefährlich sein sollten, konnte er sich nun überhaupt nicht vorstellen.

„Ganz sicher, Patrick. Im Grunde sind sie nur neugierig. Sie spüren, dass bald jemand stirbt und wollen dabei zusehen", erklärte Merle ihm.

„Woher weißt du das so genau?", fragte er.

„Ich weiß es einfach", entgegnete Merle.

Sie war sich einfach sicher, dass das, was sie gelesen hatte, der Wahrheit entsprach. Denn genauso wie beschrieben verhielten sich die Geister hier.

Es tauchten immer mehr auf. Sie hatten den grünen Pick-up fast vollständig umringt. Einige versuchten sogar, die Plane der Ladefläche anzuheben, um einen Blick darunter werfen zu können, aber es gelang ihnen nicht. Menschliche Dinge konnten sie nicht mehr bewegen. Einige machte das offensichtlich sehr wütend.

„Sie sind nicht böse, Patrick. Ich glaube auch nicht, dass sie wollen, dass er Debbie tötet", sagte Merle.

„Aber das hat er vor, oder?", fragte Patrick.

„Jedenfalls wird der Clown es versuchen. Das merken die Geister. Doch wir werden ihn davon abhalten, oder?"

„Hoffentlich."

Patrick spürte, wie sein Herz hämmerte. Er fragte sich, ob Merle bemerkte, dass er die Hose gestrichen voll hatte. Er wollte nicht, dass sie ihn für einen Feigling hielt. Es war ihm peinlich, aber er war ja schließlich nicht absichtlich ängstlich.

Er wäre gerne groß und mutig gewesen, aber dafür hatte er zu viele schlechte Horrorfilme gesehen. Stets rechnete er mit dem Schlimmsten, denn am Ende gingen eh immer alle drauf, auch die Guten. Zuerst war aber immer der mutige Junge dran gewesen, bevor das Mädchen schreiend ihrem Schicksal versuchte zu entkommen.

Wie es wohl seinem Kumpel Jores ging? Hatte er Berit schon retten können?

Oder hatte man sie schon erwischt und sie wurden ebenfalls zu einem Friedhof gebracht?

In diesem Moment stieg der riesige Clown aus dem grünen Pick-up aus und ging nach hinten zur Ladefläche.

Er starrte kurz in die Dunkelheit, um zu sehen, ob ihn vielleicht jemand beobachtete. Zum Glück entdeckte er Patrick und Merle nicht.

Beide hielten die Luft an. Ihnen lag der Angstschweiß auf der Stirn.

Dann schlug der Clown die Plane zurück. Doch statt Debbie von der Ladefläche zu ziehen, holte er eine Schaufel hervor.

Er ging ein paar Schritte vom Pick-up entfernt zu einer kleinen Wiese und suchte eine passende Stelle, an der er anfing zu graben.

„Siehst du das, Merle? Er will sie bestimmt dort hinten begraben", flüsterte Patrick und zeigte in Richtung des Clowns.

„Wir müssen das verhindern", sagte Merle. „Meinst du, sie ist vielleicht schon tot? Ich konnte sie gar nicht sehen. Es hat sich nichts unter der Plane bewegt."

„Keine Ahnung. War sie tot, als er sie auf die Ladefläche geworfen hatte?", wollte Patrick wissen. Ihm war mulmig zu Mute, denn er konnte ebenfalls keine Bewegung erkennen.

„Nein, sie hatte sich noch gewehrt", antwortete Merle.

„Dann ist die Wahrscheinlichkeit noch groß, dass sie lebt. Vielleicht ist sie nur bewusstlos und deswegen können wir sie nicht sehen", erklärte er.

Patrick umklammerte mit seiner Hand die Pistole und wollte durch die Schatten der Bäume näher zu dem Pick-up schleichen.

„Was hast du vor?", fragte Merle leise.

„Wir müssen näher ran", erklärte Patrick ihr.

„Ist das nicht zu gefährlich?", wollte sie wissen. Dabei kaute sie an ihrem Daumennagel.

Patrick zuckte mit den Schultern.

„Ich weiß nicht, ob es zu gefährlich ist, aber wir haben keine andere Wahl, wenn wir Debbie retten wollen. Wir können doch nicht die ganze Zeit tatenlos zusehen und nichts machen. Jetzt ist der Clown gerade mit Graben beschäftigt, das müssen wir ausnutzen. Er wird nichts merken, bestimmt nicht. Wenn du nicht mit möchtest, dann bleib hier. Ich mach das auch allein."

Merle wollte nicht mitgehen. Sie wollte wieder zurück nach Hause fahren. Aber das konnte sie nicht, noch nicht. Sie musste das hier mit zu Ende bringen.

Also entschloss sie sich, Patrick zu folgen.

Als Merle langsam auf den Pick-up zuging, stand ihr plötzlich eine Gruppe von Geistern im Weg.

Einer der Geister sah ihr direkt in die Augen und sagte: „Geh nach Hause. Das hier ist nicht der richtige Ort für dich."

Merle erstarrte, denn noch nie hatte ein Geist mit ihr gesprochen oder sie sogar direkt angesprochen.

Gesehen hatte sie in ihrem jungen Leben ja schon einige, aber niemals hatten sie etwas direkt zu ihr gesagt.

„Hast du das gehört, Patrick?", fragte sie ihn.

„Was?", wollte er wissen.

„Ein Geist hat gerade mit mir geredet", erklärte Merle und kam sich dabei irgendwie verdammt dämlich vor. Patrick würde ihr sowieso nicht glauben.
Doch er reagierte anders, als sie es gedacht hatte.
„Was hat er denn zu dir gesagt?", wollte er wissen und fragte das, als wäre es das selbstverständlichste auf der Welt.
„Er sagte, ich solle nach Hause gehen und, dass das hier nicht der richtige Ort für mich wäre", erklärte sie ihm.
„Damit wird der Geist wohl recht haben", grummelte Patrick.

„Wir können nicht einfach nach Hause fahren. Wenn wir das tun, bringt er das Mädchen auf der Ladefläche um und wird sie hier begraben", erklärte sie dem Geist.
„Das Mädchen ist schon tot", antwortete der Geist Merle.
Merle war im ersten Moment geschockt.
Das wollte sie nicht glauben. Das durfte nicht wahr sein. Nicht nach allem, was sie und Jores in dieser Nacht durchgemacht hatten.
Der Geist konnte nicht die Wahrheit gesagt haben. Oder etwa doch?
Jedenfalls wollte sie Patrick nicht verraten, was der Geist gerade erwähnt hatte.

Patrick schlich langsam weiter. Aber auch mit der Waffe in der Hand, hatte er große Angst. Das so etwas in Wirklichkeit passieren konnte, hätte er nie für möglich gehalten.

Das Magazin der Pistole enthielt neun Kugeln. Das musste reichen.
Er hatte schon oft mit seiner Pistole geschossen, jedoch noch nie auf ein lebendiges Ziel. Und schon gar nicht auf einen Menschen.
Als die beiden dem grünen Pick-up näher kamen, konnten sie den Clown gut erkennen.
Er hatte angefangen zu graben und war ins Schwitzen gekommen, trotzdem verlief die Schminke in seinem Gesicht nicht. Komisch.
Vielleicht war das ja gar keine Schminke, dachte Patrick.
Erschrocken hielt er Merle am Arm fest. Sie schnappte nach Luft. Ihr blieb vor Schreck fast das Herz stehen.
„Was ist?", fragte sie erschrocken.
„Warum verläuft die Schminke des Clowns nicht?", flüsterte Patrick aufgeregt.
Merle schüttelte den Kopf. „Das weiß ich nicht".
„Das was wir sehen, kann doch nicht sein wahres Gesicht sein, oder?", wollte er noch wissen.
Doch der Gedanke war ihr auch schon vorher gekommen. Solche Augen und solche Zähne waren doch auch nicht normal.
Was waren das für Wesen? Oder hatten sie sich nur super verkleidet?
In Filmen sahen die doch auch immer echt aus. Vielleicht hatten sie einen super Maskenbildner. Aber was sollte das Verkleiden für einen Sinn haben?
Patrick wusste auch nicht mehr, was er noch glauben sollte und was nicht.

Unvorstellbar, dass dieses schreckliche Clownsgesicht echt war.

„Vielleicht ist es ein großes Tattoo. Ich kenne da einen super Tätowierer. Der könnte so etwas bestimmt", sagte er. Und versuchte sich damit selbst ein wenig zu beruhigen.

„Könnte sein. Glaube ich aber nicht, denn die anderen vier Clowns sehen exakt genauso aus. Warum sollten sich alle dieselben Clownsgesichter tätowieren lassen?", fragte Merle.

„Was soll das denn sonst sein?", fragte Patrick.

„Keine Ahnung. Es muss eine andere Erklärung dafür geben", antwortete Merle.

Welche das sein konnte, wusste sie allerdings selbst nicht. Außer, dass es super Maskenbildner sein musste.

Der aufdringliche Geist wandte sich wieder Merle zu: „Das Mädchen ist tot. Geht jetzt, sonst sterbt ihr auch noch."

„Halt den Mund!", schimpfte Merle.

„Hey, nicht so laut. Was soll das? Willst du, dass er uns bemerkt?", ermahnte Patrick sie und schaute sofort, ob der Clown etwas gehört hatte.

Doch anscheinend war das nicht der Fall, denn er schaute nicht auf, sondern buddelte seelenruhig weiter.

„Tut mir leid. Dieser blöde Geist nervt mich die ganze Zeit. Er erzählt immer ....", Merle hielt inne.

„Was erzählt der Geist die ganze Zeit?", wollte Patrick wissen.

Merle schaute nach unten. Eigentlich wollte sie ihm das nicht sagen, doch sie konnte nicht anders.

„Dass Debbie schon tot ist", gestand sie ihm dann doch.

Das gefiel Patrick gar nicht. Er wusste auch nicht, was er darauf sagen sollte.

Er wünschte, er könnte selbst mit dem Geist sprechen. Gleichzeitig hatte er immer noch den Verdacht, Merle könnte ihn auf den Arm nehmen.

Aber das wollte er nicht glauben, es war einfach zu verrückt. Warum sollte sie so etwas auch tun? Dazu gab es keinen Grund.

Er sah wieder zu dem Clown hinüber, der immer noch mit vollen Kräften Debbie's Grab schaufelte.

Die Rettung?

Debbie war nicht tot.
Sie war noch nicht einmal verletzt.
Nur ihre Lage war sehr unbequem.
Mit dem Gesicht nach unten lag sie auf der Ladefläche des Lieferwagens und war immer noch gefesselt.
Ihre Hände und Füße konnte sie kaum noch spüren und sie hatte schreckliche Angst.
Vor Angst war sie ganz außer sich.
Als der Clown die Schaufel von der Ladefläche holte, hatte er ihr noch etwas gesagt. Seine Stimme hatte böse und gemein geklungen. Und das, was er zu ihr sagte, klang immer noch in ihren Ohren.
„Ich grabe jetzt ein Loch für dich", hatte er ihr gesagt. „Dann begrabe ich dich bei lebendigem Leib. Mein Gesicht wird das Letzte sein, das du sehen wirst."
Dann hatte er gelacht. Nur noch gelacht.
Auf die Frage, warum er das nur machen würde, hatte er ihr keine Antwort mehr gegeben.
Der Clown lachte einfach nur weiter.
Und es war kein freundliches Lachen gewesen. Hämisch war es, ganz und gar.
Debbie hatte versucht, die Seile um ihre Handgelenke und Knöchel zu lösen, doch sie hatte dabei keinen

Erfolg gehabt. Die Fesseln waren noch genauso fest, wie am Anfang.
Trotz Todesangst dachte sie noch an Berit. Würden die Clowns sie auch bei lebendigem Leib begraben wollen? Das ergab doch alles keinen Sinn? Warum sollten diese Clowns einen solchen Aufwand betreiben. Sie hin und her kutschieren, nur um sie dann zu begraben.
Dann hätten sie sie ja auch gleich sofort umbringen können. Und warum ausgerechnet sie und Berit?
Debbie wollte nicht sterben und schon gar nicht bei lebendigem Leib begraben werden. Das wäre ein qualvoller Tod. Sie würde langsam und elendig ersticken.
Sie steckte wirklich in einer schrecklichen Lage und wusste keinen Ausweg.
Nachdem der Clown die Schaufel von der Ladefläche geholt hatte, schlug er die Plane dabei etwas zurück.
Debbie konnte nun endlich wieder etwas frische Luft atmen.
Unter der Abdeckplane war es die ganze Zeit sehr muffig und stickig gewesen und das Atmen fiel ihr schwer.

Debbie konnte die Geister, die sich um den Pick-up versammelt hatten, nicht sehen. Mehr als vierzig Gestalten drängten sich mittlerweile zusammen, um einen Blick auf sie werfen zu können.
Leider war Merle von den Geistern zu weit entfernt, um wahrnehmen zu können, was sie sich sagten. Aber Merle konnte erahnen, dass sie wissen wollten, was als nächstes geschehen würde.

Gott sei Dank nahm Debbie die Geister nicht wahr, dachte Merle. Sonst würde sie bestimmt noch mehr Panik bekommen. Oder lag sie vielleicht sogar schon tot auf der Ladefläche? Bis jetzt war Merle die Einzige, die Geister sehen und hören konnte.
Oder würde Debbie sie auch sehen können, wenn sie noch leben würde?

Debbie dachte hingegen nur an den Clown.
Wann würde er wiederkommen, um sie zu holen?
Würde es noch lange dauern?
Wie viel Zeit blieb ihr noch?
Verängstigt nahm sie ihre ganze Kraft zusammen und schaffte es schließlich, sich auf den Rücken zu rollen.
Wo war sie? Sie schaute sich um.
Es war so dunkel.
Wo war der Clown?
Ihre Augen mussten sich erst einmal an das dunkle Umfeld gewöhnen. So richtig konnte sie noch nichts erkennen.

Debbie robbte hin und her. So gut sie konnte, nahm sie ihre letzte Kraft zusammen und schafft es sogar sich aufzurichten. Als sie es endlich geschafft hatte, konnte Patrick sie sehen.
Er war wirklich erleichtert. Ein Stein fiel ihm vom Herzen. Er verzog jedoch dabei keine Miene, denn er war immer noch ziemlich angespannt.
„Sie ist nicht tot. Sieh doch, Merle. Dein Geist hat gelogen. Gott sei Dank", flüsterte er Merle zu und zeigte dabei auf den Pick-up.

Merle lächelte; ihr fiel ebenfalls ein Stein von Herzen, als sie Debbie auf der Ladefläche sitzen sah.
Sie ärgerte sich darüber, dass der Geist sie angelogen hatte. Sie schaute sich nach diesem einen Geist um, konnte ihn aber nirgends mehr finden.
In den ganzen Jahren, hatte sie noch nie mit einem Geist gesprochen. Sie wusste nicht, ob Geister lügen oder die Wahrheit sagen würden. Eigentlich glaubte sie immer an das Gute. Doch Geister waren tote Menschen, die in ihrem Leben entweder gut oder böse waren. Warum sollte sich das auch nach ihrem Tod ändern?
Also musste es auch Geister geben, die gut oder böse waren, die die Wahrheit sagten oder einem das Blaue vom Himmel vorschwindelten.
Jedenfalls war sie jetzt um eine Erfahrung reicher geworden. Denn dieser Geist hatte sie definitiv belogen.
Man sollte nicht immer alles sofort glauben, sondern sich immer erst selbst davon überzeugen. Daran würde sie sich nun halten.
Patrick stupste sie vorsichtig an und holte sie aus ihren Gedanken.
„Hast du Lust den Köder zu spielen?", fragte er sie.
„Was? Wie meinst du das?", wollte sie wissen und am liebsten wäre es ihr gewesen, sie hätte sich verhört.
Doch Patrick meinte es wohl ernst, denn er schaute sie erwartungsvoll an.
„Du könntest dort rüberlaufen, zu diesem alten Baum und dem Clown etwas zurufen. Wenn er dich dann verfolgt, schleiche ich mich zu dem Pick-up und befreie Debbie", schlug er vor.

Hatte Patrick nicht mehr alle Tassen im Schrank? Der spinnt doch.

Merle wurde schlecht.

Sie war von seinem Vorschlag nicht gerade begeistert.

„Und was ist, wenn er mich fängt?", fragte sie ihn.

„Wie schnell kannst du rennen?", fragte er stattdessen zurück.

„Schnell, aber wir wissen doch nicht, wie fix er unterwegs ist", erwiderte Merle.

„Merle, schau ihn dir an. Der Typ ist ein Riese. Zwei Meter bestimmt. Der kann bestimmt nicht schnell laufen", schätze Patrick.

Merle war sich dabei nicht so sicher wie er.

Wenn er nachher doch schneller sein würde als sie, würde sie anstelle von Debbie in dem Grab landen.

Sie hatte wirklich Angst.

Sie schaute zu dem Clown hinüber, der immer noch weiter das Grab aushob.

„Merle. Ich glaube, so könnten wir ihn am besten von dem Pick-up weglocken", bemerkte Patrick. „Und das müssen wir, wenn wir Debbie retten wollen. Wenn wir gar nichts machen und hier nur weiter rumstehen, ist der Typ bald fertig und wird sie dann begraben."

„Na toll. So lange du Debbie retten kannst, ist alles gut, aber mich kann er ruhig erwischen oder was?", funkelte Merle Patrick böse an.

Eigentlich fand sie ihn total süß und hatte gehofft, er würde sie auch toll finden. Nur wenn er bereit war, sie zu opfern, hatte er wohl nicht sehr viel für sie übrig.

„Nein, Merle, so meine ich das doch gar nicht", widersprach er. „Natürlich will ich nicht, dass dir etwas passiert."

Finster sah Merle ihn an: „Du kennst Debbie natürlich schon viel länger als mich. Sie war ja mal deine Freundin. Vielleicht liebst du sie ja immer noch und deswegen geht sie vor", bemerkte Merle und schaute dabei beleidigt zu Boden.

Patrick verdrehte die Augen.

Immer diese Weiber, dachte er.

Warum mussten die immer alles falsch verstehen und dann auch noch so ein Eifersuchtsdrama daraus machen?

Das konnte echt nerven.

Doch seine Gedanken wollte er jetzt nicht laut sagen, stattdessen versuchte er Merle zu beruhigen: „So ist das gar nicht. Wenn du nicht willst, dann kann auch ich den Köder spielen. Was hältst du davon? Gefällt dir die Idee besser?"

„Warum erschießt du den blöden Clown nicht einfach? Du hast doch deine Pistole dabei", schlug Merle daraufhin vor und ging weiter nicht auf seine Frage ein.

„Ich kann ihn doch nicht einfach so abknallen. So einer bin ich nicht", widersprach Patrick.

Er war doch kein kaltblütiger Mörder. Aber er befürchtete auch, dass er den Abzug nicht drücken könnte, wenn der Clown auf einmal vor ihm stand.

Vor allem nicht, wenn er ihn gar nicht direkt bedrohte.

„Dann lauf doch einfach zu ihm hin und ruf ihm was zu. Wenn er dich dann sieht und verfolgt, dann kannst du ihn erschießen. Was hältst du davon? Klingt doch nicht schlecht, oder?", sagte Merle.

Damit wäre ihr zumindest erspart geblieben, vor dem Clown weglaufen zu müssen.
Mittlerweile wimmelte der ganze Friedhof von Geistern. Merle konnte hunderte von ihnen sehen. Große, kleine, dicke und dünne. Junge, sowie alte Gestalten schwebten überall umher.
Was, wenn sich ihr ein Geist in den Weg stellte und sie zu Fall brachte?
Ginge das überhaupt?
Die Geister waren einfach nur eine Art durchsichtiger Nebel oder körperloser Schatten. Hieß das dann, dass man auch durch sie hindurchgehen konnte?
Das wollte sie lieber nicht ausprobieren. Es gruselte sie bei dieser Vorstellung, einen von ihnen zu berühren.
Wenn sich bei diesem Köder-Ding ein Geist ihr in den Weg stellen würde, könnte es durchaus sein, dass sie bei dem Versuch ihm auszuweichen hinfallen würde und dann hätte der Clown leichtes Spiel, sie zu fangen und zu töten.
Aber Merle lebte noch und dabei sollte es auch bleiben.
Ohne eine Antwort auf ihre Frage von gerade abzuwarten, stand ihr Entschluss für sie fest.
„Ich spiele nicht den Köder, Patrick. Tut mir leid", sagte sie ihm trotzig und verschränkte dabei ihre Arme vor der Brust.

Thomas Becker machte sich immer mehr Sorgen. Seine Tochter hatte sich nicht mehr bei ihm gemeldet und auch er konnte sie nicht erreichen.
Sie ging einfach nicht an ihr Handy.
War ihr womöglich etwas zugestoßen?
Er hatte alles erst für einen schlechten Scherz gehalten, aber Merle klang bei dem letzten Telefonat so ernst und dann war auch noch auf einmal die Leitung tot.
Seiner Frau hatte er noch nichts davon gesagt und das wollte er auch erst einmal nicht. Sie hatte einen angeborenen Herzfehler und er wollte vermeiden sie aufzuregen. Er hatte Angst, dass ihr vor Sorge noch etwas zustoßen könnte, wenn er ihr erzählen würde, dass Jores und Merle irgendwelchen Clowns hinterher fuhren.
Herr Becker hatte seine Frau einfach um halb zwölf ins Bett geschickt und wartete seitdem auf Merle. Wenn er wenigstens ein Lebenszeichen von ihr erhalten würde.

Mittlerweile war es schon halb vier morgens und an Schlaf war weiterhin nicht zu denken. Er musste etwas unternehmen.
Die Polizei hatte er schon angerufen. Nur die sagte ihm, dass jemand erst 24 Stunden vermisst sein müsste, bevor die Polizei etwas unternahm.
Da seine Tochter schon siebzehn sei und mit ihrem Cousin, der neunzehn war, unterwegs zu sein schien, nahmen sie an, dass sie einfach nur länger ausbleiben wollten.
Aber seine Merle war nicht so ein Mädchen, man konnte sich auf sie hundertprozentig verlassen. Selbst

wenn sie sich in der Vergangenheit nur ein wenig verspätete, gab sie ihm immer kurz per SMS Bescheid.
Immer wieder lief Herr Becker in dem Wohnzimmer auf und ab, ging zwischendurch in die Küche und trank ein Glas Wasser, dann ging er wieder zurück in das Wohnzimmer.
Er konnte einfach nicht hier rumsitzen und warten.
Auf dem Weg zur Tür holte er sich seine Jacke von der Garderobe und seinen Autoschlüssel vom Haken. Er musste hier raus. Sollte er sie suchen? Aber wo?
Er würde erstmal zu seiner Schwester fahren. Vielleicht wusste sie, wo ihr Sohn Jores und Merle waren.
Leise schloss er dir Tür hinter sich und ging zu seinem Wagen in der Einfahrt des Hauses. Er hoffte, dass seine Frau nicht wach werden würde.
Was würde sie bloß denken, wenn er, und Merle nicht zu Hause sein würden?
Sie würde sterben vor Sorgen.
Aufgeregt startete Thomas Becker den Wagen und fuhr ein paar Straßen weiter zu seiner Schwester.

Seine Schwester Silja Hoffmann wohnte nur knapp zehn Minuten weit entfernt.
Er parkte das Auto vor der Garage und lief zur Eingangstür um zu klingeln.
Alles war dunkel.
Silja schlief bestimmt schon. Doch das war ihm jetzt egal.
Thomas Becker klingelte an der Tür.
Einmal, zweimal, kurze Zeit warten, dann noch ein weiteres Mal.

Niemand machte auf.
Enttäuscht ging er wieder zurück zu seinem Wagen und stieg ein.
Wo waren sie nur alle?
Silja ging gerne mal abends aus. Sie hatte einen Freund, der nicht mit ihr zusammen wohnte. Wahrscheinlich war sie bei ihm. Nur wo wohnte dieser Freund? Das wusste er leider nicht.
Und falls Silja da sein sollte, hieß das, sie wusste selbst nicht wo ihr Sohn und Merle gerade waren.
Das alles frustrierte Thomas Becker sehr. Nichts konnte er in diesem Moment tun, um seinem Kind zu helfen.
Er entschloss sich, noch nicht nach Hause zu fahren, sondern zur nächsten Polizeiwache. In diesem Moment war es ihm völlig egal, dass noch keine 24 Stunden verstrichen waren. Er musste einfach etwas tun.
Und seine Merle würde das nicht einfach so machen. Einfach länger wegbleiben. Niemals.
Thomas Becker startete den Wagen und fuhr in Richtung der Universitätsstraße zur Polizeiwache.

Natürlich fuhr er viel zu schnell. Schon nach zehn Minuten erreichte er die Polizeiwache neben einem alten Steinbruch.
Wie gut, dass so spät fast kein Auto mehr unterwegs war. Er hatte garantiert mehrere rote Ampeln überfahren, denn so schnell konnte man doch nicht hier sein.
So in Gedanken war er wegen seiner Tochter. Er machte sich halt große Sorgen.

Thomas Becker parkte sein Auto direkt vor dem Eingang und stieg aus.

Als er die fünf Treppenstufen nach oben ging, kam ihm ein Polizeibeamter entgegen. Er hatte wohl Dienstschluss, denn er trug zum Teil Freizeitkleidung.

„Guten Morgen", grüßte er freundlich. „Wenn sie rein möchten, müssen sie erst dort unten klingeln."

„Oh ja. Danke", erwiderte Thomas Becker und sah dem Polizisten noch hinterher, der nun zu seinem Wagen ging.

Er hätte mich auch ruhig hinein lassen können, dachte er.

Polizei, dein Freund und Helfer. Wohl nicht immer.

Dann klingelte er.

„Ja. Bitte?", fragte eine Stimme.

„Guten Abend, äh guten Morgen meine ich. Mein Name ist Becker. Ich möchte meine Tochter als vermisst melden", antwortete er.

Ohne, dass noch jemand etwas sagte, wurde ihm aufgedrückt.

Er ging durch zwei Glastüren, die hintereinander aufgedrückt wurden und als er im Gebäude ankam, musste er noch einen Körperscanner durchlaufen.

Als er durch alle Kontrollen hindurchgegangen war, kam ihm auch schon ein junger, etwa dreißig Jahre alter Mann in Uniform entgegen.

„Guten Morgen. Ich bin Kommissar Weber. Sie möchten eine Vermisstenanzeige aufgeben? Dann bitte hier entlang", bat er ihn und zeigte zu einer Tür, weiter hinten den Gang entlang.

Thomas Becker folgte ihm.

Sie gingen zwei Türen weiter in ein Büro. Dort saßen noch zwei weitere Beamte und unterhielten sich. Anscheinend hatten sie heute Nacht nicht viel zu tun. Kommissar Weber reichte ihm ein paar Blätter und bat ihn, diese erst einmal auszufüllen.
Er nahm sie entgegen und las sich den ersten Zettel durch.
Name, Anschrift, Größe, Kennzeichen, Beruf. usw. wurden abgefragt.
Alles wollte die Polizei von ihm wissen. Aber nichts über seine Tochter, sondern über ihn.
War das der falsche Zettel?
„Entschuldigen Sie, kann es sein, dass Sie mir etwas Falsches zum Ausfüllen gegeben haben? Ich glaube, es ist bestimmt nicht wichtig zu wissen, dass ich bei der Sparkasse arbeite oder wie groß ich bin. Ich möchte, dass sie meine Tochter finden", fragte er die Beamten.
„Doch, Herr Becker, Sie müssen alles ausfüllen. Das ist Standard. Wir suchen uns die Fragen auch nicht aus", erwiderte ein Polizist, der hinter seinem Schreibtisch saß.
Thomas Becker war etwas genervt. Nun musste er auch noch blöde Fragen über sich ergehen lassen, bevor hier endlich mal etwas passierte.
Schnell füllte er alles aus und überreichte es dem Beamten.
Wie im Schneckentempo überflog Herr Weber die Formulare, Punkt für Punkt.
„Sie schreiben, dass ihre Tochter gestern Abend nicht pünktlich nach Hause gekommen ist. Das ist noch nicht einmal vier Stunden her. Wir können erst nach 24

Stunden von einem echten Verschwinden ausgehen. Die meisten Jugendlichen gehen feiern, vergessen die Zeit, kommen dann später, weil sie Angst haben Ärger zu bekommen. Manche reißen auch aus und überlegen es sich noch einmal und kommen dann reumütig zurück", erzählte er.

Thomas Becker merkte, wie sein Gesicht rot anlief. Er wurde richtig sauer. So sauer, dass es einfach aus ihm rausplatzte.

„Sind Sie nur faul, oder haben Sie einfach keine Lust zu arbeiten? Meine Tochter haut nicht einfach ab. Sie würde das nie machen. Wenn sich meine Merle nur fünf Minuten verspätetet, schreibt sie mir eine Nachricht. Es MUSS etwas passiert sein. Ich will, dass Sie sie suchen", schrie er die Beamten an.

„Hallo? So nicht mein Freund. Jetzt beruhigen Sie sich erst einmal. So sprechen Sie nicht mit uns", versuchte einer der Beamten ihn zu beruhigen, aber es fiel ihm merklich schwer die Beherrschung zu bewahren. Am liebsten hätte er ihn wohl auch angeschrien. Doch das durfte er nicht.

Thomas Becker tat sein kleiner Ausbruch sofort leid.

Er entschuldigte sich und sackte wie ein Häufchen elend auf einem Stuhl zusammen.

„Bitte, helfen Sie mir. Merle ist da in etwas hineingeraten. Etwas ganz Verrücktes", erzählte er und die Beamten hörten ihm endlich zu.

Nach einer Weile hatte er den Beamten alles schildern können, was er wusste. Danach schickten die Beamten ihn wieder nach Hause und versprachen ihm,

nachzuforschen, ob an der Geschichte etwas dran sei. Sie würden sich umgehend bei ihm melden.
Nun war er erst einmal zufrieden und fuhr wieder mit der Hoffnung nach Hause, bald etwas von der Polizei oder von seiner Tochter zu hören.
Zu Hause setze er sich auf sein Sofa. Das Handy fest in seiner rechten Hand. Er wollte auf keinen Fall den entscheidenden Anruf verpassen.
Nach einiger Zeit überkam Thomas Becker jedoch die Müdigkeit. Ihm fielen die Augen zu und er sackte auf dem Sofa zusammen und schlief.

Zur selben Zeit hatte Jores sich wieder hinter den weißen Lieferwagen gehängt.
Er hielt Abstand, obwohl die Clowns ihn wahrscheinlich längst bemerkt hatten.
Aber vielleicht hatte er doch Glück und sie bemerkten ihn nicht.
Wohin wollten sie nur auf einmal?
Soweit er beobachten konnte, hatten die Clowns nicht viel gesprochen. Nachdem er den Reifen des Flugzeuges zerschossen hatte, wurde er kurze Zeit von ihnen verfolgt. Doch plötzlich beendeten sie die Verfolgung und fuhren wieder davon, in die Richtung von der sie gekommen waren.
Irgendwie bescheuert, dachte er.
Er konnte nicht ahnen, dass die Clowns ihn töten sollten und dass dieser Befehl von einer Frau kam, die sie Mutter nannten.

Auch nicht, dass sie versagt hatten und aufgeben mussten, weil sie sich mit dieser Frau treffen sollten, und dass sie sich auf dieses Treffen nicht gerade freuten. Sie hatten sogar regelrecht Angst davor. Vor allem vor ihr, dieser Mutter.

Nach kurzer Fahrt erreichten die Clowns wieder den Grenzübergang.

Sie passierten ihn, ohne anzuhalten.

Jores tat es ihnen gleich und sah, dass die erschossenen Grenzbeamten immer noch blutüberströmt auf dem Boden lagen.

Warum kam niemand? Hatte man die Morde noch nicht bemerkt?

Sie hatten doch angerufen. Warum unternahm denn niemand etwas? Man hätte doch wenigstens einen Einsatzwagen vorbei schicken und nachsehen können, ob was an der Geschichte dran war. Doch dem war nicht so.

Vielleicht war die Grenze selbst das Problem. Möglicherweise wusste niemand, welche Seite zuständig war.

Jores überlegte, was wohl passiert wäre, wenn neue Wachen am Grenzübergang gestanden hätten.

Hätten die Clowns wieder ihre Pistolen gezogen und sie skrupellos abgeknallt?

Gut möglich. Ihnen war alles zuzutrauen.

Jores wünschte sich, Merle wäre bei ihm. So allein gefiel ihm die ganze Situation gar nicht. Mit Merle hätte er zumindest alles besprechen und einen Plan schmieden können.

Er musste ständig an sie denken. Was machte seine Cousine wohl gerade? Ging es ihr gut? Hatte sie seinen Freund Patrick erreicht? Konnten sie Debbie womöglich sogar schon retten? Er wusste es nicht.
Jores hatte so viele Fragen, aber leider keine Möglichkeiten sie zu stellen. Wäre die Harley nicht so laut gewesen, hätte er Patrick oder Merle anrufen können. Er wagte aber nicht anzuhalten. Denn wenn er den Lieferwagen aus den Augen verlor, verlor er damit auch Berit. Wahrscheinlich würde sie dann für immer verschwinden.
Bei diesem Gedanken lief ihm ein kalter Schauer den Rücken herunter.
Er hätte Berit gerne Mut gemacht und ihr erzählt, was er alles für ihre Rettung tat, damit sie nicht verzweifelte. Aber das war nicht möglich.
Die Clowns schienen derweil genau zu wissen, wohin sie fuhren. Kilometerweit folgte er ihnen in einem mittlerweile gewohnt hohem Tempo wieder nach Bochum zurück. Doch zu der Kirmes wollten sie anscheinend nicht mehr. Komisch. Wohin führte ihr Weg?

Mittlerweile waren sie wieder in Bochum angekommen und fuhren nun quer durch Wattenscheid, einem der großen Bochumer Stadtteile.
Die Wohnhäuser in dieser Gegend waren deutlich mehr heruntergekommen als die in der Stadtmitte.
Jores fragte sich, was sie wohl in dieser Gegend vorhatten.

Und das konnte er nur herausfinden, wenn er ihnen weiter folgte. Und das tat er auch. Er würde nicht aufgeben. Niemals.

Plötzlich bogen die Clowns nahe der Autobahn zu einem Burger King ab und fuhren zum Drive-in-Schalter. Was war das jetzt?

Jores schüttelte den Kopf. Wie konnten die sich jetzt seelenruhig Burger und Pommes bestellen? Offenbar bekommen sogar irre Clowns irgendwann einmal Hunger.

Als die Clowns mit ihrem Lieferwagen am Schalter standen, fuhr Jores an ihnen vorbei, bog sofort auf die Tankstelle nebenan ab und tankte voll.

Das kam wie gelegen, dass diese Typen ihren Hunger stillen mussten. Denn sein Tank war schon fast leer gefahren.

Er wollte nicht wissen, was die Frau am Schalter dachte, wenn sie diese Typen sah.

Während des Tankens wählte Jores schnell Merle's Nummer. Hoffentlich kam er durch oder störte sie nicht bei irgendwas. Nicht dass sie durch das Klingeln des Handys noch erwischt wurde. Er wusste ja nicht, wo sie sich gerade befand.

Vielleicht würde sie auch nicht rangehen. Alles war möglich.

Direkt nach dem ersten Klingeln ging sie an ihr Telefon.

„Hallo? Jores?", flüsterte sie.

Jores war sehr überrascht, wie schnell sich Merle meldete und heilfroh ihre Stimme zu hören.

„Hey Cousine. Wie sieht es bei euch aus? Ist Patrick bei dir?", fragte Jores.

„Ich kann jetzt nicht reden. Wir sind auf dem Friedhof", flüsterte Merle wieder.
Ein kalter Schauer lief ihm den Rücken hinunter. Hoffentlich bedeutete das nichts Schlimmes.
„Was macht ihr denn auf dem Friedhof?", wollte er wissen.
„Das ist eine lange Geschichte", antwortete Merle.
„Warte, ich gebe dir mal Patrick. Er steht gerade neben mir."
Merle reichte Patrick ihr Handy.
Jores war etwas beruhigter, als er hörte, dass Patrick bei Merle war. Dann hatte ja doch noch alles mit den beiden geklappt und sie hatten sich gefunden.
Einen Moment später meldete Patrick sich ebenfalls im Flüsterton.
„Jores?", fragte er.
„Hey, mein Freund. Schön, dass du Merle zur Hilfe kommen konntest. Da fällt mir echt ein Stein vom Herzen, dass Merle nicht mehr alleine ist. Auf dich ist echt Verlass. Danke Mann!", erwiderte Jores.
„Ja, gerne. Du weißt doch, auf mich kannst du dich verlassen", sagte Patrick.
„Mit welchen Auto seid ihr nun unterwegs?", wollte Jores noch wissen.
„Mit meinem", entgegnete Patrick.
„Wo habt ihr meinen Golf gelassen?", fragte Jores.
„Merle hat ihn in der Nähe vom Zentralfriedhof abgestellt", erklärte Patrick ihm.
„Merle hat die Schlüssel unter den Beifahrersitz gelegt, glaube ich. Kann aber auch der Fahrersitz gewesen sein. Schau einfach mal", erklärte Patrick noch.

„Ja. Danke. Werde ich schon finden. Ich bin übrigens mittlerweile auch wieder in Bochum", erzählte er.
„Fährst du immer noch den Clowns hinterher?", wollte Patrick wissen.
„Ja."
„Was machen sie denn jetzt?", fragte Patrick.
„Du wirst es nicht glauben. Sie sind bei Burger King und haben sich Burger bestellt", erklärte Jores und musste dabei schmunzeln.
Patrick glaubte wirklich nicht, was er da gerade hörte.
„Ernsthaft?", fragte er nach.
„Ja, sie stehen am Drive-In-Schalter. Ich nutze die Zeit so lange für einen Tankstopp."
Patrick musste lächeln, obwohl ihm in den letzten Stunden gar nicht zum Lachen zu Mute war.
„Was ist mit Berit?", wollte er noch wissen.
„Sie muss noch im Lieferwagen sein. Ich konnte sie die ganze Zeit nicht sehen. Wie sieht es denn bei euch aus?", wollte Jores wissen.
„Wie schon gerade erzählt, sind wir auf dem Friedhof. Der Clown hebt gerade ein Grab aus. Das dürfte für Debbie sein, befürchten wir."
„Meinst du das ernst?", fragte Jores bestürzt.
„Todernst."
„Lebt sie noch?", fragte Jores schnell und schloss die Augen. Er ahnte schon das Schlimmste. Bitte nicht, dachte er.
Ja, sie lebt noch", flüsterte Patrick. „Vorhin konnten wir sie kurz sehen, als sie sich auf der Ladefläche bewegt hat. Wir wollen den Clown jetzt irgendwie ablenken, damit wir sie dann retten können", erklärte er weiter.

„Hast du deine Knarre nicht dabei?", fragte Jores.
„Doch, habe ich..."
„Warum erschießt du den Mistkerl nicht einfach? Aus die Maus. Wenn er sie umbringen will, wäre das doch locker gerechtfertigt", meinte Jores.
Patrick schauderte es wieder. Was dachte sein Freund von ihm?
„Ich kann nicht so einfach kaltblütig auf jemanden schießen, auch nicht wenn er so verdammt hässlich ist", erwiderte er.
„Willst du etwa warten, bis er Debbie umbringt?", fragte Jores. „Dann ist es zu spät."
„Das weiß ich auch Jores, aber das werde ich nicht zulassen. Keine Angst", flüsterte Patrick. „Ach noch was, Jores. Deine Cousine ist echt süß. Vielleicht etwas durchgeknallt, aber echt hübsch. Ich hoffe, sie geht mal mit mir aus, wenn das alles vorbei ist."
Dabei dachte er an die Geistergeschichte.
Jores verdrehte die Augen.
Sie redeten gerade über ihre missliche Lage und Patrick fing an, von Merle zu schwärmen.
„Hoffentlich leben wir dann auch alle noch", grummelte er. „Hör mal, Patrick, ich muss los. Sie fahren weiter. Unternimm irgendwas mit diesem scheiß Clown. Lass nicht zu, dass er Debbie etwas antut und pass auf Merle auf."
„Wir tun, was wir können. Ich hoffe, wir sehen uns bald", erwiderte Patrick.
„Das werden wir. Im Moment hoffe ich nur, dass ich bald mein Auto holen kann. Die Harley ist zwar schnell,

aber viel zu laut. So, ich mache jetzt Schluss. Bis später."

Jores beendete das Gespräch und ließ den Motor des Motorrades wieder an.

Der Lieferwagen fuhr jetzt auf die Autobahn in Richtung Bochum-Zentrum.

Kurz hinter einem kurzen Tunnel fuhren sie wieder von der Autobahn ab, dann bis zur nächsten Kreuzung und wieder links. Auf der Bundesstraße fuhren sie schon an der ersten Ausfahrt wieder raus.

Es war einfach nicht auszumachen, wo diese hässlichen Fratzen mit Berit hinwollten.

Was für einen Umweg fahren die denn, dachte Jores. Das hätten sie auch einfacher haben können. Das neue Bochumer Kreuz wäre doch viel schneller gewesen.

Aber was wusste er, was in den Köpfen dieser Typen so vor sich ging? Vielleicht kannten sie sich auch nicht so gut hier aus.

Er wusste ja nicht, dass die Clowns extra eine längere Strecke fuhren, um nicht so schnell bei Mutter anzukommen.

Er fuhr ihnen einfach weiter hinterher.

Nach einer Weile fiel ihm auf, dass die Wahrscheinlichkeit groß war, dass sie direkt an seinem von Merle abgestelltem Auto vorbeikommen, wenn sie nur an der nächsten Kreuzung geradeaus fahren würden. Für Lieferwagen war zwar die marode Brücke, die sie überqueren mussten nicht erlaubt, aber das juckte die Clowns sicherlich nicht.

Sie fuhren tatsächlich in Richtung des Zentralfriedhof. Wollten sie dort etwa auch hin? Hatte der eine Clown womöglich Merle und Patrick entdeckt und die anderen zur Hilfe gerufen?
Jores wurde nervös. Er hoffte es nicht. So viel Pech konnte man doch nicht auf einmal haben. Oder doch?

Doch die Clowns fuhren an dem Zentralfriedhof vorbei und machten auch keine Anstalten anzuhalten. Also wollten sie nicht dorthin. Sowas nannte man Glück.
Und dass sie an seinem Auto vorbeikamen, war noch die Krönung.
Wie beschrieben, stand sein Golf am Straßenrand, gegenüber dem Haupteingang des Friedhofs.
Schnell fuhr Jores an den Straßenrand, parkte die Harley, nahm die Satteltasche mit den Waffen ab und ging zu seinem Wagen. Er sprang auf den Fahrersitz, tastete schnell den Boden ab und fand den Schlüssel.
„Yes!", jubelte er. Das Glück blieb ihm treu.
Die Satteltasche legte er neben sich auf den Beifahrersitz und startete seinen Golf. Er schaffte es noch loszufahren, bevor er den Lieferwagen aus den Augen verlor.
Schnell nahm er die Verfolgung wieder auf.
Er wünschte sich nur, er hätte eine Ahnung, wohin sie genau fuhren. Denn diese Ungewissheit setzte ihm langsam richtig zu.
Erst die Tour über die Grenze nach Holland, dann wieder zurück und jetzt kreuz und quer durch Bochum und immer noch kein Ziel vor Augen.

Berit war so hungrig, dass ihr Magen schon arg schmerzte. Sie hatte seit Stunden nichts gegessen und nun roch es auch noch nach Burger und Pommes. Ob die Clowns ihr wohl etwas abgeben würden? Daran glaubte sie eher nicht. Sie traute sich aber auch nicht zu fragen.

Ihr tat mittlerweile alles weh. Hände sowie Füße waren schon ganz taub. Ihre Finger und Zehen konnte sie gar nicht mehr spüren.

Wer sind bloß diese unheimlichen Typen, und was haben sie mit mir vor?, fragte sich Berit immer und immer wieder.

Doch sie konnte es sich einfach nicht erklären. Auf diese ganze Situation konnte sie sich einfach keinen Reim machen. Warum ausgerechnet Debbie und sie? Das war alles so Scheiße.

Sie vermisste Debbie so sehr. Sie konnte ihr zwar nicht helfen, doch zu zweit konnten sie sich gegenseitig beruhigen und Hoffnung schenken. Nun waren sie allein und auf sich gestellt.

Hatte sie überhaupt noch eine Chance zu überleben?

Wo brachten diese Typen sie überhaupt hin? Außer Geräusche, Stimmen und Schüsse hatte sie bisher nichts mitbekommen. Sie hatte seit der Entführung an der Kirmes diesen Lieferwagen nicht mehr verlassen.

Immer noch dröhnten die Schüsse in ihrem Kopf, die sie vor einiger Zeit gehört hatte.

Sie wusste nicht, dass die Clowns die Grenzwachen ermordet hatten. Hätte sie es gewusst, hätte sie sich

wohl schon aufgegeben. Denn wer einfach so Menschen erschoss, der würde auch nicht vor ihr haltmachen.
Berit wusste nur, dass sie allein war und keine Ahnung hatte, was diese Typen eigentlich mit ihr vorhatten.
Sie sahen aus wie Clowns, waren groß und breit. Sie hatten sie einfach gepackt, gefesselt, verschleppt und in den Lieferwagen verfrachtet.
Warum nur? Das war ihr alles noch ein großes Rätsel.

„OK, Patrick. Ich mache es", flüsterte Merle, holte tief Luft und rannte los, quer über den Friedhof.
Eigentlich wollte sie das nicht tun. Sie hatte Angst, der Clown könnte sie ebenfalls fangen und in ein Grab werfen. Oder einer von diesen Geistern wäre bösartig genug, um sie zu Fall zu bringen. Dann hätte der Clown es leicht, sie zu überwältigen.
Doch Patrick hatte sie überreden können. Mit seinen schönen, dunkelbraunen Kulleraugen hatte er sie bittend angesehen. Er hatte ihr auch versprochen, den Clown sofort zu erschießen, falls er ihr zu nahe kommen sollte. Auf keinen Fall würde er zulassen, dass der Clown ihr etwas antun würde.
Das beruhigte Merle sehr und so konnte sie sich nicht mehr dagegen wehren.

Der Clown war schon fast fertig mit seiner Arbeit. Er war ziemlich verschwitzt und machte gerade eine kleine Pause, als ihm Merle auffiel.
Sie lief bis etwa 10 Meter Abstand auf ihn zu und stoppte dann abrupt.

Die Geister die um ihm herum schwebten, konnte er ebenfalls nicht sehen. Er sah nur dieses hübsche Mädchen, dass ihm etwas zurief.
„Hallo, du hässlicher Clown. Fang mich doch", rief sie laut.
„Oh.... Ja....Fangen....spielen!", rief der Clown und warf die Schaufel zu Boden.
Grinsend lief er hinter Merle her, die direkt kehrt machte und wieder losrannte. Er freute sich anscheinend.
Denn er besaß nur wenig Lebenserfahrung und er war nicht besonders schlau. Er tat nur immer das, was man ihm sagte. Doch jetzt wollte er spielen und vergaß völlig, warum er eigentlich hier war.
„Du hast es so gewollt. Ich fange dich jetzt!", rief er und machte sich an die Verfolgung.
Merle's Herz hämmerte wie verrückt, als der Clown ihr nachlief.
Zuerst hatte sie schreckliche Angst, aber dann merkte sie, dass er nicht so schnell rennen konnte. Bei dieser Geschwindigkeit würde er sie auf keinen Fall fangen können. Es sei denn, ein bösartiger Geist mischte sie ein.
Doch die Geister interessierte das alles nicht. Sie schwebten nur herum und schauten uninteressiert zu.

Sobald sich der Clown von dem Pick-up entfernt hatte, schlich sich Patrick in einem Bogen hinüber.
Er bewegte sich so unauffällig wie möglich und so leise wie er nur konnte. Er wollte auf keinen Fall in den Blickwinkel des Clowns geraten.

Einen Moment später hatte er den Pick-up erreicht. Ohne zu zögern, streckte er die Arme aus, hob Debbie von der Ladefläche, als wäre sie federleicht, und stellte sie vorsichtig auf den Boden.

Mit seinem Taschenmesser, das er aus seiner Hosentasche holte, durchtrennte er ihre Fesseln an Händen und Füßen und drückte sie erst einmal fest an sich. Mit dem Zeigefinger vor dem Mund zeigte er ihr an, dass sie sich ruhig verhalten solle.

Gott sei Dank, dachte er. Das wäre geschafft.

„Patrick?"

Überrascht schnappte Debbie nach Luft. Sie nahm sein Gesicht zwischen ihre Hände und zog ihn an sich, dabei drückte sie ihm einen dicken Kuss auf seinen Mund.

„Wie kommst du denn hierher? Ich freue mich so sehr dich zu sehen?" flüsterte sie, setzte sich auf den Boden und rieb sich erst einmal die Fuß- und Handgelenke, um wieder etwas Leben hineinzubekommen. Sie fühlten sich immer noch so taub an.

„Wie ich hierhin gekommen bin, ist jetzt nicht wichtig. Komm steh bitte wieder auf. Lauf schnell dort hinüber", sagte er und deutete dabei auf eine Baumgruppe am Rande des Friedhofs.

„Was hast du denn vor?", fragte sie.

„Versteck dich bitte da drüben. Ich muss meiner zukünftigen Freundin helfen", erwiderte er und lächelte beim Gedanken, dass dieser Wunsch wahr werden könnte.

Debbie wollte noch etwas sagen, aber das ließ Patrick nicht zu. Er wollte jetzt nicht diskutieren, sondern sie in Sicherheit wissen.

Von seinem Position aus konnte er den Clown noch gut sehen. Er jagte immer noch hinter seinem Mädchen her. Leider wirkte er nicht so, als würde er bald aufgeben wollen.

Patrick nahm noch einmal sein Taschenmesser aus seiner Hosentasche. Er war heilfroh, dass er es immer, wirklich immer, dabei hatte. In der Vergangenheit hatte er es nicht wirklich oft gebraucht, doch nun war es ein Segen, dass er das Messer bei sich hatte.

Er zerstach damit einen Reifen des Pick-up und steckte es wieder zurück.

Er überlegte kurz, ob er auch noch die anderen Reifen damit zerstechen sollte, entschied sich aber dagegen. Ein Reifen müsste reichen.

Dann rannte er hinter dem Clown her. Als er ihm nahe genug war, rief er: „Ey, Clown! Lass das Mädchen in Ruhe!"

Dabei richtete er seine Taschenlampe auf dessen Gesicht. Das grelle Licht gefiel dem Clown offensichtlich gar nicht.

Er schaute Patrick böse an. Verdammt böse.

Warum störte dieser Junge ihn beim Spielen? Wo kam der denn auf einmal her?

Patrick konnte aus der Entfernung die großen roten Augen des Clowns erkennen und die gelben spitzen Zähne.

Das ist kein Mensch, dachte er. Mit Sicherheit nicht.

„Woher kommst du?", fragte der Clown träge und schaute Patrick mit seinem grotesken Gesicht böse an.
„Aus deinen schlimmsten Alpträumen!", rief Patrick. Mit der linken Hand richtete er immer noch die Taschenlampe auf die roten Augen des Clowns, während er mit der rechten Hand seine Pistole auf ihn richtete.
„Wenn du näher kommst, werde ich dich erschießen. Und wenn du weiter hinter dem Mädchen herläufst, erschieße ich dich auch!", schrie er ihn an.
Der Clown blieb stehen und sah ihn lange regungslos an, dann schirmte er seine Augen mit einer Hand ab, damit er nicht mehr geblendet wurde und erkannte Patrick's Pistole.
Der Clown war sichtlich verwirrt.
Er wollte doch nur spielen? Warum war dieser Junge so böse zu ihm?
Er sah Merle hinterher, die längst verschwunden war, als hätte der Wald am Rande des Friedhofes sie verschluckt. Dann wandte er sich dem Pick-up zu und sah zu dem Grab, das er gerade noch geschaufelt hatte. Dann schaute er wieder Patrick an.
„Komm doch her, wenn du dich traust. Na los, unternimm etwas!", rief Patrick. „Dann verpasse ich dir eine Kugel, mein Freund."
Patrick senkte die Taschenlampe, zielte aber weiter mit der Pistole auf den verwirrten Clown.
Er schien keine Angst zu haben, wirkte eher vorsichtig und verwirrt. Irgendwie kam er Patrick sehr kindlich vor.

Der Clown war nicht klug genug, um zu wissen, was er jetzt tun sollte.

Er war wirklich verwirrt. Er wollte doch mit dem Mädchen Fangen spielen und nun kam der böse Junge und machte das Spiel kaputt.

Doch plötzlich fiel ihm Mutter ein.

Ihr würde das gar nicht gefallen.

Ihm fiel wieder ein, dass er das Mädchen begraben sollte, und zwar lebendig. Aber für diese beiden anderen jungen Menschen hatte er keine Befehle erhalten. Und sein Denkvermögen reichte nicht aus, um sich einen eigenen Plan zurechtzulegen.

Er hatte doch mit dem hübschen Mädchen nur spielen wollen, aber dann hatte dieser Typ mit der Pistole alles kaputt gemacht.

Jetzt konnte der Clown nur noch an Mutter denken.

Was würde sie von ihm erwarten?

Würde sie ihn bestrafen, weil er nicht auf sie gehört hatte?

Würde sie ihn wieder schrumpfen und in ihr Regal stellen?

Auf keinen Fall würde sie wollen, dass er große Aufmerksamkeit erregte.

Sie würde bestimmt wollen, dass er endlich nach Hause kommt, dachte er und hoffte, damit würde er richtig liegen. Hoffentlich würde sie nicht böse sein.

Wenn er wieder zurück in das Regal müsste, dürfte er bestimmt nie wieder raus zum Spielen. Davor hatte er wirklich Angst.

Er wünschte, er wäre nicht so allein und ein anderer Clown wäre jetzt bei ihm. Einer der ihm jetzt sagen konnte, was er machen sollte.
Aber Mutter hatte ihm befohlen, allein loszufahren. Sie hatte zu ihm gesagt, er wäre ihr Klügster. Er müsse nur ein dunkelhaariges Mädchen wegbringen, das sie nicht brauchten. Sie wollte nur die Blonde.
Die anderen, dummen Clowns hätten sie erst gar nicht von der Kirmes mitnehmen dürfen und nun musste sie weg, und er sollte sie wegschaffen. Sonst würde er mächtigen Ärger bekommen.

Patrick's Herzschlag beruhigte sich etwas, als der riesige Clown sich plötzlich umdrehte und einfach zurück zu seinem Pick-up lief.
Aber als er dann einen Blick auf die Ladefläche warf und merkte, dass Debbie verschwunden war, geriet er völlig in Panik.
„Neeiiiiinnnnnn!", kreischte er.
Merle sah, dass selbst die Geister bei diesem Gebrüll erzitterten.
Das durfte nicht wahr sein.
Er hatte versagt. Das würde Konsequenzen für ihn haben.
Schreckliche Konsequenzen.
Und Merle dachte nur: Gut! Genau das hat er verdient.

Mutter

Die Clowns fuhren jetzt langsamer. Anscheinend waren sie noch mit dem Essen beschäftigt, dachte Jores. Ihm war es recht, dass er nicht wieder viel zu schnell durch die Stadt rasen musste, um an dem Van dranzubleiben. Wegen der späten Stunde herrschte immer noch kaum Verkehr auf den Straßen der Stadt. Dadurch konnte er dem weißen Lieferwagen sehr leicht folgen.

Seitdem sie bei Burger King halt gemacht hatten, bemerkte Jores ebenfalls seinen knurrenden Magen, versuchte ihn aber zu ignorieren und dachte stattdessen an Berit.

Lebt sie wohl noch? Und wenn ja, wie lange noch? Und was hatten die Clowns jetzt mit ihr vor, nachdem sie nirgends mit ihr hinfliegen konnten?

War es ein Fehler gewesen, das Flugzeug außer Gefecht zu setzten?

Er hatte sie kein einziges Mal sehen können.

Aber Jores beruhigte sich selbst damit, dass er bestimmt das Richtige getan hatte.

Hätte er nicht die Reifen zerschossen, hätten die Clowns Berit in das Flugzeug verfrachtet und wären auf und davon geflogen. Wer weiß, wo sie dann gelandet wären. Irgendwo, wo er sie nicht mehr hätte retten können. So hatte er wenigstens noch eine Chance. Er wusste zwar

noch nicht welche, aber irgendetwas würde ihm schon noch einfallen, wenn es so weit wäre.
Also hatte er das Richtige getan. Alles würde gut werden.
Hoffentlich.
Jores war sich sicher, dass die Clowns Berit irgendwohin brachten, wo sie die Nacht verbringen konnten. Das Flugzeug sollte bestimmt repariert werden und so lange konnten sie am Flughafen nicht warten, deswegen brachten sie sie nun wieder zurück.
Morgen, wenn alles wieder startklar war, würden sie bestimmt einen erneuten Versuch wagen und sie abermals zum Flughafen bringen.
Er musste wieder an die Grenzwachen denken, wie sie ohne Skrupel niedergeschossen wurden und nun dort im Dunkeln blutüberströmt auf dem Boden lagen.
Wann würde man sie wohl finden?
Merle hatte die Polizei angerufen, aber die hatten ihr wohl nicht geglaubt. Anders konnte er es sich nicht erklären, warum sie immer noch da lagen, als er das zweite Mal die Grenze überquert hatte.
Jores wünschte sich, Patrick wäre bei ihm. Es wäre wirklich beruhigender, ihn bei sich zu haben, denn er konnte sehr gut mit Waffen umgehen.
Ok. Jores hatte die Reifen auch getroffen, aber das war reines Glück. Ein Zufall, ein guter Zufall. Oder doch das Ergebnis der wenigen Schießübungen, die Patrick mit ihm gemacht hatte?
Aber dass Patrick bei Merle war, ließ Jores hoffen, dass sie mittlerweile wohl schon Debbie hatten retten können.

Das hoffte er zumindest. Wenn sie nicht versagt hatten. In diesem Fall waren vielleicht alle drei schon längst tot. Nein, das konnte einfach nicht der Fall sein. Das würde nicht passieren. Nicht bei Patrick. Jores wollte an so etwas nicht denken.

Patrick war klug, schnell und würde sich nicht so schnell umbringen lassen.

Während Jores gerade an seinen Freund dachte, piepte sein Handy. Er hatte eine SMS bekommen.

Schnell holte er sein Handy aus der Hosentasche und rief den Text auf.

Die Nachricht kam von Merle.

Debbie gerettet! Was jetzt! Las er.

„Yes!", sagte Jores und ballte seine rechte Hand zu einer Faust.

Er war heilfroh, dass Patrick und Merle es geschafft hatten und ihnen nichts passiert war.

Er wusste in diesem Moment allerdings nicht, was er Merle antworten sollte. Er wusste ja nicht, wohin der Lieferwagen eigentlich genau wollte, wo sein angepeiltes Ziel war. Mittlerweile fuhren sie auf der von Herbert Grönemeyer besungenen Königsallee Richtung Bochum's südlichsten Stadtteil. Sie fuhren Richtung Stiepel.

Das war ein Hin und Her. Anscheinend kannten diese Typen sich in Bochum nicht gut aus.

Jores wollte mit der Antwort an Merle noch warten, bis der Lieferwagen angehalten hatte, damit er den beiden etwas Genaueres sagen konnte.

Also folgte er dem Lieferwagen weiter und hoffte, er würde bald sein endgültiges Ziel erreichen. Dann würde er sich bei Merle und seinem Freund wieder melden.

Aufmerksam beobachtete Jores wie die Clowns von der Kemnader Straße in die Gräfin-Imma-Straße einbogen. Es ging einen kurzen, steilen Anstieg hinauf und der Wagen wurde immer langsamer.
Hatten sie das Ziel erreicht? Oder kamen sie mit ihrer alten Karre einfach nicht den Berg hoch?
Die langsame Fahrt ging weiter in den Lupinenweg, einmal rundherum und wieder zurück auf die Gräfin-Imma-Straße.
Was sollte dieses absolut unlogisches Hin und Her nun wieder? Die kannten sich hier wohl überhaupt nicht aus, dachte Jores.
Er hätte nicht im Traum daran gedacht, dass die Clowns Angst davor hatten, ihr Ziel zu erreichen und deswegen Zeit schinden wollten.
Wenn sie ankamen, würde Mutter sie für ihr Versagen bestimmt hart bestrafen und sie müssten ihr lange Rede und Antwort stehen.
Als der Lieferwagen in die Henkenbergstraße einbog und auf der rechten Seite auf dem kleinen Parkplatz anhielt, parkte auch Jores seinen Wagen an der Ecke zur Gräfin-Imma-Straße und stieg aus.
Die Clowns schalteten die Scheinwerfer aus, machten aber keine Anstalten auszusteigen.
Im Haus nebenan brannte Licht.
Anscheinend waren sie am Ziel.
Jores nahm sein Handy und wählte Patrick's Nummer.

Er wollte lieber mit ihm sprechen, als mit seiner Cousine.
Nach dem ersten Klingeln meldete Patrick sich sofort.
„Hey, alles OK bei dir?", fragte er Jores.
„Ja. Ich glaube, die Clowns haben ihr Ziel erreicht. Könnt ihr zu mir kommen? Ich könnte Unterstützung gut gebrauchen", fragte Jores zurück.
„Wo bist du denn?", wollte Patrick wissen.
„In Bochum Stiepel, Gräfin-Imma-Straße. Die kennst du doch, oder?", fragte er ihn.
„Ja. Die Straße kenne ich. Bleib einfach, wo du bist. Wir kommen dorthin. Ich brauche zehn bis fünfzehn Minuten", erwiderte Patrick.
„Beeil dich", bat Jores inständig.
„Das mache ich", versprach Patrick und beendete das Gespräch.

Während des ganzen Gesprächs mit Patrick hatte Jores den Lieferwagen nicht aus den Augen gelassen.
Das Haus, vor dem sie standen, war zweistöckig, weiß und mit hellblau umrandeten Fenstern. Neben dem kleinen Parkplatz stand eine Doppelgarage, vor der der Lieferwagen stand, und dahinter einen großen Garten.
Bei der Ankunft hatte das Haus komplett im Dunkeln gelegen, nur im Inneren brannte ein kleines Licht.
Doch als einer der Clowns ausstieg und zum Eingang schlurfte, schaltete sich die Außenbeleuchtung ein. Auch im Haus waren nun mehrere Zimmer erleuchtet.
Der Clown ging sehr langsam und man konnte ihm ansehen, dass ihm dieser Gang sehr sehr schwer fiel.
Mit hängendem Kopf drückte er die Klingel.

Jemand öffnete die Tür, doch Jores konnte nicht erkennen, wer diese Person war.
Nach einem Augenblick ging das Garagentor der Doppelgarage auf und der Clown schlurfte zum Lieferwagen zurück.
Nachdem er sich wieder hinter das Steuer gesetzt hatte, verschwand der Lieferwagen in der Garage und war nicht mehr zu sehen.
Das Tor schloss sich sofort und die Außenbeleuchtung ging wieder aus.
Nach kurzem Zögern näherte sich Jores vorsichtig dem Haus.
Vielleicht konnte er durch eines der Fenster erkennen, was im Innern des Hauses los war.
Doch so nah wollte er allein nicht an das Haus herantreten. Er wollte lieber auf die anderen warten. Sie müssten ja bald hier sein, hoffte er.
Die Minuten fühlten sich für ihn an wie Stunden.
Was würden sie jetzt nur mit Berit in diesem Haus anstellen?
Jores machte sich wirklich große Sorgen.
Er hatte zwar noch die Satteltasche mit den Waffen in seinem Wagen, nur allein wollte er die Sache auf keinen Fall angehen. Er wusste ja schließlich nicht, wer alles in diesem Haus war und was ihn im Inneren erwarten würde. Nachher gab es da noch mehr dieser unheimlichen Clowns. Vielleicht hatten sie ihn ja bereits bemerkt und extra hierher gelockt. Vielleicht beobachteten sie ihn ja schon.
Die meisten Fenster des Hauses waren wieder dunkel. Man hätte ihn also ohne Probleme die ganze Zeit aus

dem Haus beobachten können, ohne dass er etwas davon mitbekommen hätte.
Bei diesem Gedanken zuckte er kurz zusammen. Ein Schauer lief ihm über seinen Rücken.
Wer wohl in diesem großen Hause wohnte? Es wäre groß genug für drei oder vier Familien gewesen.
Nicht, dass es voller dieser schrecklichen Clowns war und sie gleich rausgestürzt kamen und ihn jagten, dachte er.
Wann kamen nur endlich Patrick und Merle?
So alleine vor diesem großen Haus, verließ ihn langsam der Mut und die Angst überkam ihn immer mehr.
Jores schaute auf die Uhr. Zehn Minuten waren schon vergangen seitdem er mit Patrick telefoniert hatte. Wie lange würde es wohl noch dauern bis die beiden endlich hier waren.
Sie hatten sich wirklich auf eine ziemlich irre Sache eingelassen. Wäre er mit Merle gestern Abend nur 2 Minuten früher oder später zurück zum Auto gegangen, hätten sie von der Entführung überhaupt nichts mitbekommen und würden jetzt entspannt und schlafend in ihren Betten liegen.

Wieder dachte Jores an Berit. Ohne ihn wäre sie wahrscheinlich schon auf Nimmerwiedersehen verschwunden. Nun musste er noch einmal all seinen Mut zusammennehmen und sie irgendwie aus diesem Haus befreien.
Ihre Freundin Debbie wurde ja bereits von Patrick und Merle befreit. Jetzt nur noch Berit befreien, dann würde

diese Nacht für alle noch ein gutes Ende haben, dachte er.

„Sag mir, dass du diesen Idioten auf dem Motorrad getötet hast", verlangte Mutter.
Sie sprach mit dem Clown, der den Lieferwagen gefahren hatte. Um die anderen drei hatte sie sich bereits gekümmert.
Der Clown senkte den Kopf und schaute die ganze Zeit auf seine großen Füße, antwortete ihr aber nicht. Er hatte Angst.
Mutter wusste, dass er ihr nichts Erfreuliches zu sagen hatte.
„Was ist passiert?", wollte sie jedoch wissen.
„Er ... er ... ist ... ist ... uns ... ent ... entkommen", gestand ihr der Clown, seinen Blick immer noch nach unten gerichtet.
Er stotterte vor Aufregung, denn er hatte sehr große Angst vor dieser Frau. Er hatte ja mitbekommen, was sie bereits mit seinen drei Brüdern angestellt hatte.
Mutter bekam vor Zorn tiefschwarze Augen und schrie den Clown an.
„Ihr habt heute Nacht auf ganzer Linie versagt! Erst schnappt ihr euch entgegen meiner Anweisung noch ein zweites Mädchen, dann lasst ihr euch von dem Typen auf dem Motorrad das Flugzeug sabotieren und der Höhepunkt ist, dass ihr ihn auch noch entkommen lasst! Ihr seid echt zu blöd!"
Dabei gab sie ihm eine schallende Ohrfeige.

Der Clown traute sich immer noch nicht Mutter anzusehen.

„Wir ... haben ... unser ... Bestes ... gegeben ... Mutter", sagte er völlig eingeschüchtert.

„Das reicht mir nicht!", schrie sie, außer sich vor Zorn.

„Tut ... mir ... leid ... Mutter. Das ... nächste ... Mal", erwiderte er, doch wurde von ihr abrupt unterbrochen.

„Das nächste Mal, das nächste Mal! Es wird kein nächstes Mal geben! Es reicht mir erst einmal. Du weißt, was jetzt mit dir passiert?!", schrie sie.

„Ja ... Mutter", erwiderte er mit gesenktem Kopf.

Es reichte ihr, so katastrophal hatten sie noch nie versagt. Sie hoffte nur, dass Jacob seinen Job zu ihrer Zufriedenheit erledigen würde.

Noch mehr Fehlschläge in dieser Nacht wollte sie nicht, es war so schon katastrophal verlaufen.

Als ihr klar wurde, dass sie nun einen Anruf tätigen musste, bekam sie Kopfschmerzen.

Das Mädchen sollte schon längst im Flugzeug sitzen. Es wurde schon erwartet und nun musste sie melden, dass es heute Nacht nicht ankommen würde.

Vor diesem Anruf graute es ihr. Sehr sogar.

Patrick fuhr so schnell er konnte nach Bochum Stiepel.

Als er den kurzen Anstieg am Anfang der Grafin-Imma-Straße hochfuhr und kurze Zeit später Jores neben seinem Golf erblickte, lächelte er erleichtert.

Schnell schaltete er seine Scheinwerfer aus und parkte seinen Wagen neben Jores.

Jores öffnete die Wagentür und sprang nach hinten auf den Rücksitz. Merle saß ebenfalls hinten und sah in diesem Moment kreidebleich aus.

Debbie saß vorne neben Patrick.

„Hallo ihr drei", sagte Jores und lächelte gezwungen.

„Hallo, Jores. Ich freue mich so, dass dir nichts passiert ist", begrüßte ihn Merle und drückte ihn an sich.

„Verabredungen mit dir sind ja echt aufregend," versuchte sie trotz der Lage witzig zu sein.

Debbie dagegen verzog nur kurz ihr Gesicht. Sie sah wirklich mitgenommen aus.

„Hey, Mann. Ich habe mich noch nie so sehr gefreut dich zu sehen", sagte Patrick und hielt ihm seine Hand zum Abklatschen hin.

Jores nahm sie an.

„Alles klar bei euch, Patrick? Ziemlich viel Aufregung heute Nacht. Nicht wahr?" fragte Jores.

„Das kannst du wohl laut sagen. Das nächste Mal gehen wir lieber nur ein Bier trinken. Wie ist denn die Lage hier?", erwiderte Patrick.

„Die Clowns sind mit dem weißen Lieferwagen in die Garage des weißen Hauses da drüben gefahren", erklärte Jores und zeigte dabei auf das weiße Gebäude.

Patrick schaute skeptisch hinüber.

„Was weißt du über das Haus?", wollte er wissen.

„Gar nichts. Die Clowns haben hier angehalten. Einer von ihnen ist dann ausgestiegen, zum Eingang des Hauses gegangen und hat geklingelt. Wer innen an der Tür stand, konnte ich leider nicht erkennen. Als der Clown zurück zum Lieferwagen ging, öffnete sich das Garagentor und sie sind mit dem Wagen darin verschwunden. Seitdem habe ich nichts mehr gesehen. Es ist alles ruhig", erzählte Jores ihnen.

„Wie viele Clowns waren denn in dem Lieferwagen? Macht es Sinn in das Haus einzusteigen?", fragte Patrick.

„Mindestens vier", erwiderte Jores ihm.

Patrick nickte.

„Meine Güte, vier von diesen riesigen Typen? Einer hatte mir schon gereicht. Das dürfte viel zu gefährlich sein, um in das Haus einzubrechen", sagte Patrick.

Jores verdrehte die Augen.

„Ja, sicher ist es gefährlich, aber wenn wir es nicht versuchen, wird Berit wahrscheinlich etwas Schreckliches zustoßen. Wir müssen in dieses Scheiß-Haus gehen und sie, verdammt noch mal, retten!", stieß er hervor.

„Was ist denn mit uns?", meldete Debbie sich zu Wort.

„Am besten wäre es, wenn du und Merle nach Hause fahren würdet. Du hast schon genug durchgemacht, Debbie. Du kannst froh sein, dass du noch lebst", antwortete Jores ihr.

„Ich kann doch nicht einfach nach Hause fahren und mich ins Bett legen, als ob nichts passiert wäre, wenn meine beste Freundin hier immer noch festgehalten wird. Nein, das mache ich nicht. Ich bleibe hier", erwiderte sie stur.

„Hast du denn nicht wirklich schon genug durchgemacht?", wollte Jores wissen.

Er war etwas sauer, denn würde ihm jemand eine solche Gelegenheit geben, hätte er sicherlich nicht

widersprochen. Doch anderseits konnte er Debbie auch verstehen.
Ihm war auch klar, dass er ebenfalls nicht einfach hätte wegfahren können.
Das hier war seine Aufgabe. Jedenfalls hatte er es zu seiner Aufgabe gemacht.
Jetzt musste er es nur zu Ende bringen.
Er hoffte nur, dass er und seine Freunde das Ende auch noch erleben würden.

„Natürlich reicht es mir. Das kannst du mir glauben", sagte Debbie und wischte sich ein paar Tränen aus dem Gesicht.
Jores tat sie sehr leid und auch Patrick zeigte Mitgefühl.
Er nahm sie in seine Arme und drückte sie an sich.
„Es wird alles wieder gut. Das verspreche ich dir", flüsterte er ihr zu, um sie zu beruhigen.
Merle war etwas eifersüchtig, als sie das sah. Aber sie wollte es sich nicht anmerken lassen. Nicht jetzt. Denn Debbie tat ihr schon sehr leid und Patrick wollte sie ja schließlich nur trösten. Hoffentlich.
Jores wandte sich seiner Cousine zu.
„Wie sieht es mit dir aus. Wie geht es dir?", wollte er wissen.
„Ich bin zwar total müde und habe riesigen Hunger. Doch ich bleibe. Ihr braucht mich, denn ich muss euch was sagen", erwiderte sie.
„Was musst du uns denn sagen?", fragend schaute Jores Merle an.
Sollte sie es ihm sagen?

Sie wusste, er würde ihr wie Patrick zuvor auch schon, eh nicht glauben. Doch sie musste es los werden.

„Vor dem Haus stehen eine Menge Geister herum", sagte sie, so normal wie möglich.

Wie befürchtet sah Jores sie an, als wolle sie ihn veräppeln.

„Was redest du denn für einen Scheiß?", sagte er. „Es ist nicht der Zeitpunkt für so einen Blödsinn."

Jores war kurz vorm Ausrasten. Er war verdammt angespannt und jetzt noch so etwas. Das konnte er in diesem Moment überhaupt nicht gebrauchen.

Patrick bemerkte, dass sein Freund kurz vorm Platzen war und legte ein gutes Wort für Merle ein.

„Auf dem Friedhof konnte sie auch schon Geister sehen", erklärte Patrick. Er nahm sie in Schutz und das freute sie sehr.

Doch Jores war nicht beeindruckt.

„Konntest du sie auch sehen?", fragte er ihn.

„Nein", Patrick schüttelte den Kopf.

„Und wieso kannst du als Einzige hier Geister sehen, Merle?", wandte er sich erneut an seine Cousine.

Sie zuckte mit den Schultern.

„Keine Ahnung. Das konnte ich schon immer. Ich weiß, du glaubst mir nicht, aber es stimmt. Ich lüge euch nicht an", antwortete sie kleinlaut.

Wahrscheinlich wird ihr niemand jemals diese Geschichte glauben.

Doch Jores versuchte nicht weiter darüber nachzudenken und sie ernst zu nehmen.

Auch wenn es ihm verdammt schwerviel.

„Merle, was machen die Geister denn vor dem Haus?", fragte er sie.
„Sie scheinen zu warten. Sie stehen einfach da und warten", schilderte sie.
„Und worauf warten sie, verdammt noch mal?", fragte er etwas energischer.
„Auf den Tod. Sie warten immer nur auf den Tod", antwortete Merle ihm.
„Auf den Tod? Auf wessen Tod?", fragte Jores schockiert.
Was erzählte Merle da nur?
Eigentlich mochte er seine Cousine sehr gerne. Nur jetzt wusste er wirklich nicht, was er davon halten sollte.
„Das ist den Geistern egal", erklärte Merle. „Irgendwie sind sie immer da, wenn jemand stirbt oder sterben könnte. Ich bin mal an einer Unfallstelle vorbeigefahren. In dem Auto war eine Frau eingequetscht und ist noch an der Unfallstelle verstorben. Um sie herum standen damals sehr viele Geister und haben dabei zugeschaut. Vorhin auf den Friedhof waren auch sehr viele. Sie schauten zu, wie der Clown das Grab aushob und sie wollten immer unter die Plane des Pick-up schauen, unter der Debbie lag."
Als Debbie das hörte, erschauderte sie. Geister?
Noch mehr konnte sie wirklich nicht ertragen.
Jores schaute auch etwas skeptisch drein.
„Das meinst du doch nicht im Ernst, oder?", fragte er sie.
Er wusste echt nicht, was er dazu sagen sollte. Von Geistern hatte sie noch nie etwas erzählt, und er kannte sie schließlich schon eine lange Zeit.

„Doch Jores, leider ja", gestand sie.

„Und was nun? Was sollen wir machen? Ist irgendetwas mit den Geistern?", wollte er noch wissen.

„Merle könnte zu ihnen herübergehen und mit ihnen reden", mischte sich Patrick ein.

Jores schüttelte unglaubwürdig den Kopf. „Reden kannst du auch noch mit ihnen?", wollte er wissen.

Entgeistert und fragend schaute er sie an.

„Ja. Ich kann mit ihnen reden", sagte sie.

Jores wandte sich an Patrick.

„Was sagst du dazu? Ihr wart doch die ganze Zeit zusammen", wollte Jores von ihm wissen.

„Mir fällt es auch schwer, die ganze Sache zu glauben. Merle macht wirklich einen sehr netten und vernünftigen Eindruck. Ich mag sie und ich glaube, sie macht keine Scherze", erwiderte Patrick.

„Nur Beweise habe ich allerdings nicht dafür und gesehen habe ich auch keine Geister", fügte er noch hinzu.

„Ist schon gut, Patrick", sagte Merle verständnisvoll.

„Ihr müsst es nicht glauben. Ich weiß selber, wie verrückt sich das anhört. Aber es ist wahr. Ich habe schon immer Geister gesehen, auch schon, als ich klein war hatte ich diese Gabe. Damals habe ich es allerdings noch nicht verstanden. Aber Spaß machte es mir nie, es ist mehr Fluch als Segen. Die Geister jagen mir immer eine Heidenangst ein. Aber ich könnte versuchen mit ihnen zu reden. Auf dem Friedhof hat auch einer mit mit gesprochen. Vielleicht können sie uns helfen und uns sagen, wer in diesem Hause ist."

„So wie ich das sehe, kann man es versuchen. Schaden wird es uns ja wohl nicht. Wir sollten jede Möglichkeit in Betracht ziehen", sagte Jores.
Er war selbst nicht sicher, ob er ihr diese Geistergeschichte abkaufen sollte, aber vielleicht sagte sie ja wirklich die Wahrheit und die Geister konnten ihnen irgendwie weiterhelfen.
„Soll ich dich begleiten?", fragte Patrick.
Er wusste, dass Merle eigentlich schon ziemlich fertig war. Sie war müde, hatte Angst und machte sich große Sorgen um Berit.
Das konnte er ihr ansehen. Er wollte ihr helfen und sie wenigstens etwas unterstützen, auch wenn er keinen von den Geistern sehen konnte.
„Nein. Aber echt nett von dir. Nur, wenn ich jemanden bei mir habe, sind sie eher zurückhaltend. Wenn ich allein bin, kommen sie schon mal öfter auf mich zu. Ich gehe allein", antwortete sie, obwohl sie Patrick wirklich sehr gerne bei sich haben wollte.
Er gefiel ihr sehr gut und sie wollte ihn unbedingt näher kennenlernen.
Doch das musste noch etwas warten. Sie hoffte darauf, dass er sie nach dieser verrückten Nacht mal um ein Treffen bitten würde.
„OK, dann gehe allein. Wir bleiben so lange hier im Wagen und warten auch dich", sagte Jores. „Du schaffst das, Merle."
Seufzend stieg Merle aus dem Wagen und lief hinüber zu dem kleinen Parkplatz neben dem Haus. Dabei achtete sie darauf, sich immer nur im Schatten zu bewegen, denn sie wollte nicht sofort entdeckt werden.

Mittlerweile waren im Haus alle Lichter wieder erloschen und es lag komplett im Dunkeln.
Sie wusste nicht, was als Nächstes passieren würde und sie hoffte, dass sie nicht durch die dunklen Fenster des Hauses beobachtete wurde.
Sie spürte das Klopfen ihres Herzens.
Was sollte sie machen?
Einfach einen Geist ansprechen?
Näher herangehen?
Irgendwie traute sie sich nicht.
Doch sie musste gar nicht näher zum Haus hinübergehen.
Als einer der Geister sie erblickte, kam er ihr schon entgegen.
Es war ein junger Geist. Er musste ein Mädchen gewesen sein. Man konnte noch die leicht weiblichen Züge im Gesicht des Geistes erkennen.
Sie musste zu Lebzeiten sehr hübsch gewesen sein.
„Hallo", sagte er. „Du bist Merle, richtig?"
Merle stand mit offenem Mund da und starrte den Geist unglaubwürdig an.
„Woher kennst du mich? Woher weißt du meinen Namen?", wollte sie wissen.
Der Geist lächelte sie freundlich an.
„Wir wissen so einiges. Alle reden über dich, von dem Menschen-Mädchen, das uns sehen und mit uns sprechen kann. Das kommt nicht besonders oft vor. Wir haben dich hier schon erwartet", erzählte der Geist.
„Aber woher wusstet ihr denn, dass ich genau hierher kommen werde?", fragte Merle. Ein kalter Schauer lief ihr über den Rücken.

Der Geist war zwar sehr freundlich zu ihr. Trotzdem fand sie es eher unheimlich, dass er ihren Namen kannte.

„Es wurden schon sehr viele Mädchen von den Clowns hierher gebracht. Die Geister vom Friedhof haben erzählt, dass du einem Clown mit einem Mädchen gefolgt bist. Und weil die Mädchen immer hierher gebracht werden, sind nun auch alle Geister hierher gekommen. Sie wollen sehen, was Esmeralda mit ihr vor hat", erklärte er Merle.

„Wer ist diese Esmeralda?", fragte Merle. Sie hatte wirklich Angst vor der Antwort.

Es wurden schon viele Mädchen hierher gebracht? Was geschah nur mit ihnen?

Merle sah den Geist an und war gespannt auf die Antwort.

„Esmeralda ist die Hexe", erwiderte das Geister-Mädchen.

Oh mein Gott. Hatte sie richtig gehört?

Eine Hexe?

So was gab es doch gar nicht. Oder etwa doch?

Schließlich konnte sie ja auch Geister sehen und mit ihnen sprechen. Das war ja auch nicht besonders normal. Aber sie konnte es irgendwie nicht glauben und wollte es genauer wissen.

„Eine Hexe? Was denn für eine Hexe und was macht diese Hexe hier?", fragte Merle noch. Sie merkte, dass das Geister-Mädchen irgendwie wieder weg wollte. Es schwebte unruhig hin und her.

„Ich weiß es nicht genau. Sie entführen immer blonde Mädchen und bringen sie dann mit dem Flugzeug weg.

An mehr kann ich mich nicht mehr erinnern. Ich war auch einmal in diesem Haus. Die Clowns haben mich entführt und nun bin ich das hier", erzählte es.

„Ich kann dir nicht mehr erzählen, ich habe schon zu viel gesagt", erklärte es noch und wollte wieder verschwinden.

„Bitte warte", bat Merle.

„Ich kann nicht. Ihr müsst Esmeralda das Handwerk legen. Aber seid vorsichtig. Wir wünschen euch allen, dass ihr Erfolg habt. Aber wir wissen auch, dass ihr es wahrscheinlich nicht schaffen werdet", sagte sie.

„Wirklich? Warum?" Merle war entsetzt.

Das Geister-Mädchen schüttelte traurig den Kopf.

„Niemand kann die Hexe bezwingen. Keiner kann sie aufhalten. Wenn ihr es versucht, werdet ihr alle sterben", hörte Merle es noch sagen, bevor es wieder verschwand.

Esmeralda

Patrick und Jores beobachteten das Ganze aus sicherer Entfernung aus ihrem Wagen.
Merle stand auf dem Parkplatz und redete anscheinend mit sich selber. Jedenfalls sah es danach aus.
„Ist schon echt merkwürdig, das alles", sagte Jores.
„Ja, ich weiß, was du damit sagen willst. Ich konnte es zuerst auch nicht wirklich glauben. Auch jetzt habe ich immer noch Zweifel. Aber warum sollte sich deine Cousine so etwas ausdenken? Ich würde mir schon ziemlich beknackt vorkommen, so etwas nur zu erzählen. Vor allem ist Mädchen doch so etwas immer schnell peinlich. Sie kann sich ja denken, wie das jetzt für uns aussieht. Jedenfalls glaube ich ihr", antwortete Patrick darauf.
Jores nickte. Seine Cousine war ein sehr vernünftiges Mädchen, auch ihr Zuhause war sehr behütet. Sie brauchte solche Geschichten nicht, um irgendwie aufzufallen oder sich wichtig zu machen.
Sie hatte nur lange dieses Geheimnis für sich behalten und nun kam es heraus. Vielleicht hatte es ja auch etwas Gutes und half ihnen in dieser misslichen Lage. Das würden sie sehr bald erfahren.

Als er Merle zurückkommen sah, lächelte Jores sie an.

„Wie ist es gelaufen?", fragte er, nachdem sie wieder in den Wagen gestiegen war und versuchte wirklich alle Zweifel an dieser Geschichte zu verdrängen.

„Nicht so gut", antwortete Merle. „Es soll eine Hexe in diesem Haus wohnen, sie..."

„Eine Hexe?", unterbrach Jores sie.

Das wurde ja immer verrückter.

„Ja. Eine Hexe. Sie soll sehr böse sein", erzählte Merle ihnen.

„Wie, eine Hexe? Was denn für eine Hexe? So was gibt es doch nur in Märchen", mischte sich Patrick nun auch ein.

Debbie hingegen zitterte nur vor Aufregung.

„Eine Hexe, eine Hexe. Ich will nach Hause", stammelte sie vor sich hin.

„Bitte beruhige dich, Debbie. Du bleibst hier im Wagen. Dir passiert schon nichts", versuchte Jores sie zu beruhigen, obwohl ihm auch lieber nach Weglaufen war. Angst hatte er eigentlich eher vor den Clowns. Er wusste, zu was sie fähig waren. Doch das alles wurde nun wirklich eine Nummer zu groß. Er glaubte nicht an Hexen. Und wenn es eine geben würde, wäre das echt krass.

Nur, wenn es, so wie er glaubte, keine Hexen gab, dann wohnte in dem Haus jemand, der so verrückt war, es zu behaupten.

Und vor durchgeknallten Irren hatte er wirklich einen Riesenrespekt.

Patrick runzelte die Stirn. Er glaubte ebenfalls nicht an Hexen. So etwas war doch Aberglaube.

„Was meinst du, ist da etwas Wahres dran?", fragte er Jores.

„Ganz ehrlich. Ich weiß es nicht. Wir müssen es herausfinden", schlug er vor. „Du hast doch deine Pistole und ich habe in meinem Golf noch einige Waffen, die ich aus den Satteltaschen der Harley mitgenommen habe. Lass uns einfach ins Haus gehen und schauen, was da abgeht", schlug er vor.

„Nein, nein", mischte sich Merle ein. „Wenn ihr da rein geht und versucht Berit zu befreien, dann gehen wir alle drauf."

„Wieso das denn?", wollte Jores wissen.

„Das Geister-Mädchen hat es mir erzählt. Es war auch einmal in diesem Haus gefangen und nun ist es...na ja...tot", erklärte sie.

„Was weißt du noch?", fragte Patrick.

„Es hat nicht mehr viel erzählt. Es hatte vor irgendetwas Angst. Es sagte, es habe mir schon zu viel verraten und ist dann einfach davon geschwebt. Ich weiß nur, dass es auch von den Clowns entführt worden war und dann auch in diesem Haus gelandet ist", erzählte Merle weiter.

„Das hört sich nicht gut an", sagte Patrick.

„Ja, entweder bringen sie die Mädchen zum Flughafen, wo sie irgendwohin verschachert werden und wenn das nicht klappt, werden sie hierher transportiert. Was dann passiert, wissen wir nicht. Entweder sie sterben hier oder werden nur zwischengelagert, bis sie wieder weiter können", vermutete Jores.

Genau wusste er das nicht. Aber er konnte es sich gut vorstellen, dass es so ablaufen musste.

Er hätte gerne noch mehr erfahren, etwa wo die Mädchen hingebracht wurden und was dort mit ihnen geschah. Aber das Geister-Mädchen wollte nicht mehr preisgeben.

„Wollen wir uns das Haus nun näher ansehen?", fragte Merle.
„Von wollen kann ja wohl keine Rede sein", antwortete Jores und seufzte dabei.
„Aber wir müssen wohl", brachte sich Patrick mit ein.
„Mit oder ohne Waffen?", fragte Jores. „Ich kann kurz zum Golf gehen und uns welche holen."
„Ich habe meine Waffe hinten in meiner Hose. Ich denke, die reicht", antwortete Patrick und zog kurz sein T-shirt hoch, damit Jores sie sehen konnte.
„Sollen wir vielleicht die Polizei rufen?", fragte Merle.
„Nein", antworteten beide Jungen wie aus einem Mund.
„Warum denn nicht?", wollte Debbie wissen, die immer noch zitternd im Auto saß.
„Weil die Bullen nichts ausrichten können. Was willst du denen denn erzählen? Da sind Clowns und eine böse Hexe im Haus, die haben ein Mädchen entführt? Die glauben uns sowieso nicht, denken da rufen irgendwelche Psychopaten oder Kinder, die sich einen Streich erlauben, an. Das hatte ich heute Nacht schon. Und falls sie doch kommen, dann gehen sie nur zur Tür und klopfen an. Ohne Durchsuchungsbefehl dürfen die doch eh nirgends rein. Und wenn ihnen die Tür aufgemacht werden sollte, wird die Person bestimmt nicht sagen. Oh ja, ich bin die Hexe, kommen sie doch

rein. Ich koche ihnen einen Zaubertrank", brummelte Jores.
„Ja, ist ja schon gut. Ich habe es verstanden", nölte Debbie. „Ich bleibe jedenfalls hier im Auto."
„Ja, mach das", erwiderte er und wandte sich den anderen beiden zu. „Bereit?"
„Ja. Bereit", erklärten Patrick und Merle.
Merle gab sich Mühe, tapfer zu klingen. Trotz ihrer Angst hatte sie ein gutes Gefühl. Keiner dort im Haus wusste, dass sie hier waren. Somit war der Überraschungseffekt auf ihrer Seite.
Auch wenn das Geister-Mädchen die Erfolgsaussichten sehr negativ sah, sie konnten es schaffen. Da war sich Merle sicher und versuchte es positiv zu sehen. Denn sie hatten die Entschlossenheit, Berit zu befreien. Nun brauchten sie noch Glück.
Besser ausgedrückt, sie brauchten verdammt viel Glück.

Als die Hecktür des Lieferwagens geöffnet wurde, bekam Berit fürchterliche Angst. Erschrocken riss sie die Augen auf und sah eine dünne, große, blasse Frau um die Dreißig. Die Frau hatte kinnlange schwarze Haare mit einem kurz geschnittenen Pony.
Ihre dunklen Augen lagen tief in den Höhlen. Sie war so dürr, als hätte sie seit Langem nicht mehr anständig gegessen. Berit fand sie durchaus attraktiv, nur hatte sie etwas Böses, Hinterhältiges an sich. Und mit etwas mehr Fleisch auf den Hüften würde sie sicherlich auch viel besser aussehen.

Die Frau trug komplett schwarze Sachen, einen schwarzen Pullover mit Rollkragen, eine schwarze enge Hose, wodurch man ihre dürren Bleistiftbeine noch besser erkennen konnte, dazu schwarze Pumps.
Um den Hals trug sie eine goldene Kette mit einem roten Kreuz, das verkehrt herum hing.
Blutrot, dachte Berit.
Und so funkelten auch ihre Augen, als sie Berit betrachtete.
„Du bist also Berit", sagte die Frau höhnisch. Sie klang nicht furchteinflößend, sondern eher amüsiert, als sie das sagte.
Berit sagte nichts. Sie sah die Frau nur an und fragte sich, woher sie ihren Namen kannte.
„Wenn du nicht mit mir redest, lernst du mich noch kennen. Ich kann auch anders", keifte die Frau plötzlich und nahm dabei eine Peitsche von der Wand an. „Ich kann dir auch die Haut von den Knochen peitschen", sagte sie und ließ die Peitsche dabei heftig auf den Boden knallen.
Berit zitterte vor Angst.
„H ... H ... Hallo", brachte sie nur hervor. Mehr kam nicht aus ihrem Mund.
„Kannst du aus dem Wagen allein aussteigen?", fragte die Frau.
„N ... Nein. Ich bin doch noch gefesselt", erwiderte Berit.
„Dann rutsch etwas nach vorne", befahl sie barsch.
Berit versuchte sich nach vorne zu bewegen, was allerdings nicht so leicht war. Sie konnte ihre Füße,

sowie Hände kaum noch spüren und die Angst lähmte sie dazu.

Die Frau hatte keine Ruhe, ihr ging es wohl nicht schnell genug. Sie tippte die ganze Zeit mit einem Absatz auf dem Boden. Tock, Tock, Tock.

Als Berit für sie endlich in Reichweite war, packte sie sie an den Haaren und zerrte sie aus dem Lieferwagen.

Berit schrie vor Schmerz sofort auf, und die Frau versetzte ihr daraufhin eine heftige Ohrfeige.

„Sei verdammt noch mal ruhig, du blödes Ding. Sonst schneide ich dir deine Zunge heraus und esse sie morgen zum Frühstück. Und das ist kein Scherz!", schrie sie Berit an.

Berit war so geschockt, sie war sofort ganz still. Noch nie hatte ihr jemand eine Ohrfeige gegeben. Ihre Wange brannte fürchterlich.

Die Clowns hatten ihr schon eine Heidenangst eingejagt, aber diese Frau war noch viel schlimmer. Sie hatte vor ihr fürchterliche Angst.

„Wer ... wer ... sind sie? Was wollen sie von mir?", stotterte Berit.

„Wer ich bin, willst du wissen? Ich bin Esmeralda Carter", antwortete sie. „Ich passe auf dich auf, bis morgen das Flugzeug wieder einsatzfähig ist."

Dann lächelte die Frau sie sogar noch frech und von oben herab an.

Berit gefiel es gar nicht, wie diese Frau mit ihr redete, aber sie war auch klug genug, ihr ihre Abneigung zu verbergen.

Als sie wieder stehen konnte, zog Esmeralda einen Dolch aus ihrer Hosentasche und durchtrennte Berits Fesseln.

„Komm mit mir!", befahl sie. „Sofort!"

Berit wollte kurz widersprechen, ihr taten immer noch die Gelenke weh und ihre Füße kribbelten, aber sie traute sich nicht, Esmeralda etwas davon zu sagen.

Als sie ihr in das Haus folgte, schloss sich die Tür zur Garage ganz automatisch.

„Wo ... wo sind die Clowns?", wollte sie wissen, immer noch mit zitternder Stimme.

„Welche Clowns?" Esmeralda betrachtete Berit mit finsterer Miene.

„Die, die mich hierher gebracht haben", stammelte sie.

Esmeralda lachte laut. Das Lachen hörte sich echt finster an.

„Das waren keine Clowns. Das sind meine Kinder", erwiderte sie.

„Ihre Kinder?", fragte Berit.

Doch sie bekam darauf keine Antwort mehr.

Esmeralda forderte sie nur weiter auf, mit ihr zu kommen.

Das Haus war wirklich riesig. Sehr viele Türen rechts und links des Ganges und dann ein großes Wohnzimmer mit einer Wohnküche darin. Eine Treppe führte nach oben in den zweiten Stock.

Es sah eigentlich ganz normal hier aus.

Berit sah sich alles genau an und überlegte auch schon, durch welche Tür sie wohl am besten fliehen konnte. Falls sie die Gelegenheit dazu bekommen sollte.

Aber im Grunde wusste sie, dass Esmeralda sie niemals entkommen lassen würde. Eher würde sie ihr die Zunge herausschneiden und zum Frühstück verspeisen. Doch das wollte sie lieber nicht herausfinden.

Im nächsten Moment kam eine süße schwarze Katze um die Ecke und strich zwischen Berits Beinen hin und her. Berit erschrak kurz, beruhigte sich aber schnell wieder. Die Katze war echt süß und sie rieb sich schnurrend ihr weiches Fell an Berits nackter Haut.
„Oh, ist das nicht goldig? Mein kleiner Tiger mag dich, Berit", fragte Esmeralda hinterhältig.
Irgendetwas war komisch an der Katze.
Berit hatte Angst, dass sie was Falsches sagen würde.
„Doch, ganz toll Ihre Katze. So kuschelig", log sie, sie traute sich nicht ihr zu sagen, dass sie eigentlich Angst vor Katzen hatte. Die konnten nämlich ganz schön hinterhältig sein. Als Kind war sie mal von einer ganz heftig gekratzt worden, so dass sie bis heute davon noch eine Narbe hatte.
Esmeralda bemerkte jedoch, dass Berit ihr etwas vorlog.
„Oh, wie schade. Berit mag dich leider nicht, Luzifer. Das willst du dir doch nicht gefallen lassen, oder?", sagte sie zu ihrer Katze.
Wie auf Kommando hob Luzifer eine Pfote und zog die Krallen aus. Langsam kratze er über Berits Wade, bis aus der tiefen Wunde das Blut quoll.
Berit war sichtlich geschockt, traute sich aber trotz des Schmerzes nicht zu schreien, denn sie hatte Angst, wieder so eine heftige Ohrfeige zu kassieren.

Sie schaute nur zu ihrer Wade hinunter und starrte das Blut an. Die Wunde brannte, schmerzte aber nicht so sehr.
Am liebsten hätte sie Esmeralda nach einem Taschentuch gefragt, um sich die Wunde etwas sauber zu machen, aber sie würde ihr bestimmt keins geben. Also fragte sie erst gar nicht danach.
Esmeralda zeigte auch kein Interesse mehr an dieser Sache.
„Komm mit, ich zeige dir etwas", sagte Esmeralda und führte Berit zu einem Regal in der Ecke des Wohnzimmers, auf dem etwa vierzig kleine Figuren standen. Dass Berit dabei ihren Teppich voll blutete, interessierte Esmeralda überhaupt nicht.
Alle Figuren waren etwa in der gleichen Größe, ungefähr zehn Zentimeter groß, und standen ordentlich nebeneinander. Beim genaueren Hinsehen erkannte Berit unter ihnen viele Clowns, die gar nicht fröhlich aussahen. Ihre Gesichter sahen eher aus wie schreckliche Fratzen und einige der Figuren wie Monster. Was war das für eine seltsame Sammlung?

Nach einem Moment erkannte Berit in ihnen dieselben Clowns, die sie und Debbie auf der Kirmes entführt hatten.
Debbie? Oh mein Gott.
In diesem Moment fiel ihr ihre beste Freundin wieder ein. Wo war sie nur? Was hatten sie mir ihr gemacht?
Sollte sie Esmeralda danach fragen?
Irgendwie traute sie sich nicht, denn Esmeralda war gerade so vertieft in ihre kleinen Spielfiguren.

„Sind sie nicht toll?", fragte sie. „Ich habe sie selbst gemacht."

„Sie sehen aus wie echt", erwiderte Berit nur.

„Sind sie ja auch. Ich sammle sie schon seit Jahren. Sie sind meine Kinder und ich schenke ihnen das Leben und nehme es ihnen wieder, falls sie mich enttäuschen oder wenn ich sie nicht mehr benötige", erklärte sie.

„Warum sind ihre Gesichter so lieblos? Warum lächeln sie nicht?", wollte Berit wissen.

„Würdest du lächeln, wenn ich dich auf das Regal stellen würde?", kam die finstere Gegenfrage.

Was war das nur für eine Frau?

Sie konnte kleine Männchen in große lebendige Monster verwandeln. Berit graute es, aber sie musste es wissen. Sie musste Esmeralda diese Frage stellen.

Auch wenn sie eigentlich nicht an so etwas glaubte.

„Sind sie so etwas wie eine Hexe?", traute sie sich zu fragen und hatte große Angst vor der Antwort.

„Ja!", lachte Esmeralda voller Bosheit. Sie schaute Berit mit funkelnden Augen an. „Ich bin eine Hexe und bald werde ich eine der mächtigsten Hexen überhaupt sein. Dann, wenn ich dich abgegeben habe. Denn dich, meine hübsche kleine Berit, wird ein ganz besonderes Schicksal ereilen."

Dann lachte sie noch lauter. So laut, dass die Figuren im Regal an der Wand sogar begannen zu wackeln.

Berit lief es eiskalt den Rücken herunter. Was hatte das zu bedeuten? Was für ein besonders Schicksal war für sie vorgesehen?

„Was haben Sie mit mir vor?", wollte sie wissen.

Doch Esmeralda schüttelte nur ihren Kopf. Sie würde ihr darauf anscheinend keine Antwort geben.

„Darf ich vielleicht zur Toilette gehen? Bitte?", fragte sie. Es war schon sehr lange her, dass sie das letzte mal zur Toilette gegangen war, und das merkte sie gerade sehr deutlich.

Esmeralda schaute sie böse an.

„Bitte. Es ist wirklich nötig", bat Berit die Hexe.

Esmeralda packte Berit fest am Oberarm.

„Pass auf, Kleine. Wenn ich dir erlaube, auf die Toilette zu gehen, möchte ich, dass du keine Dummheiten machst. Ich sage das nur ein einziges Mal, aber ich werde dir sehr, sehr weh tun wenn du irgendeinen Unsinn versuchst. Hast du mich verstanden, Mädchen?", fragte Esmeralda sie.

Berit zuckte zusammen. Sie glaubte ihr gerne, dass sie ihre Drohungen wahr werden lassen würde, wenn sie versuchen würde zu fliehen.

„Ja, ich habe verstanden. Ich werde keinen Unsinn machen", erwiderte Berit und das war auch ehrlich gemeint. Zu viel Angst hatte sie, etwas Falsches zu machen und dann die Rache der Hexe zu spüren zu bekommen.

Esmeralda schaute Berit skeptisch an, zeigte ihr dann aber die Gästetoilette, in der nur eine Toilette und ein Waschbecken vorhanden waren.

Wie hätte sie da auch fliehen können? Das war ja gar nicht möglich.

Kurze Zeit später kam Berit wieder heraus. Sie fühlte sich etwas frischer als vorher, aber immer noch sehr unwohl.

„Wo ist eigentlich meine Freundin Debbie?", fragte sie Esmeralda, die auf sie gewartet hatte.

Jetzt, da sie ihr gezeigt hatte, dass man sich auf sie verlassen konnte und sie auf das hörte, was die Hexe zu ihr sagte, hoffte sie, eine ehrliche Antwort von ihr zu bekommen.

„Debbie? Kenne ich nicht", antwortete Esmeralda ihr nur. Sowas interessierte sie nicht.

„Das ist meine Freundin. Sie war bei mir, als die Clowns mich entführt haben", erklärte sie ihr und Unbehagen brannte in ihr los.

Esmeralda überlegte kurz.

„Ach die. Die ist tot", erwiderte Esmeralda lapidar, als wäre es das Normalste der Welt.

Für Berit brach in diesem Moment jedoch eine Welt zusammen.

Das durfte doch nicht war sein, oder? Warum war Debbie tot? Sie war doch gerade noch bei ihr gewesen. Und sie hatte doch niemanden etwas getan.

Würde die Hexe sie auch bald umbringen? Aber warum nur?

Berit konnte es einfach nicht verstehen. Ihr schossen auf einmal so viele Fragen durch den Kopf.

„Tot? Warum ist Debbie tot?", schrie Berit Esmeralda an.

Esmeraldas Augen wurden schwarz vor Zorn.

„Zügele deine Zunge, Mädchen. Wie sprichst du mit mir? Pass auf, in welchem Ton du mit mir redest", fauchte sie sie an und Berit war sofort wieder mucksmäuschenstill.

„Entschuldigung. Sind Sie sich denn wirklich sicher, dass Debbie tot ist", fragte Berit erneut. Sie wunderte sich selbst über ihren Mut.

„Ja, ich bin mir ganz sicher, dass deine Freundin tot ist. Jacob hat sie bei lebendigem Leib begraben. Sie ist auch selbst schuld. Sie hätte gar nicht bei dir sein dürfen und meine Kinder hätten sie nicht mitnehmen dürfen. Sie war einfach überflüssig. Das kann schon mal passieren. Pech gehabt", erklärte sie völlig beiläufig, als wäre ein Leben völlig bedeutungslos.

Debbie war einfach zur falschen Zeit am falschen Ort.

Und sie wollten doch nur einen schönen Tag zusammen verbringen, Jungs treffen und Spaß haben, und nun war sie tot. Einfach so ermordet, weil man sie nicht brauchte. Das war einfach zu schrecklich.

Wer Jacob war, wollte sie lieber nicht wissen, er war bestimmt wieder einer von ihren sogenannten Kindern.

„Lassen Sie mich auch lebendig begraben?", fragte sie stattdessen.

Esmeralda überlegte kurz, ob sie etwas sagen sollte, schüttelte dann aber nur den Kopf.

„Es ist schon spät. Ich habe hier die ganze Zeit auf dich warten müssen und bin müde. Lass uns schlafen gehen. Komm her, Mädchen", befahl sie.

Berit ging auf Esmeralda zu, besorgt, dass die Hexe ihr etwas antun wollte.

„Halt deine Hände mit den Handflächen nach vorne hoch", forderte sie Berit auf.

Berit tat, was man von ihr verlangte, ohne Widerrede.
Esmeralda fuhr mit einem Finger mehrmals über Berits Handgelenke. Zuerst verstand Berit nicht, was sie da tat, dann merkte sie, dass die Hexe eine Art Faden oder etwas Ähnliches um ihre Handgelenke wickelte.
Berit senkte den Blick. Es sah aus, als würde sich ein Spinnengewebe um ihre Gelenke winden. Sie versuchte, die Hände auseinander zu ziehen, konnte sie aber kaum bewegen. Es fühlte sich an, als wäre sie mit einem festen, beinahe unsichtbaren Seil gefesselt.
„Wie haben Sie das gemacht?", fragte Berit etwas fasziniert. Sie vermutete, dass Magie dahintersteckte, dunkle Magie. Schwarze Magie.
„Ist das jetzt wichtig?", konterte Esmeralda und ihr Lächeln wirkte trügerisch.
Berit ärgerte sich wieder über sich selbst. Warum musste sie so neugierig sein? Sie wollte auf keinen Fall Esmeraldas Zorn abbekommen.
„Warum fesseln Sie mich denn wieder? Sie können mir glauben, ich versuche nicht zu fliehen", bettelte Berit, denn sie wollte nicht schon wieder die ganze Zeit ihre Hände nicht spüren können.
„Du siehst zwar sehr harmlos aus, meine Liebe, aber wer seine Gefangenen unterschätzt, der ist töricht", meinte Esmeralda und grinste.
„Du bist doch eine Bachmann. Nicht wahr?", fragte die Hexe.
Berit wunderte sich, dass sie auch ihren Nachnamen wusste.
„Ja, aber was hat das denn damit zu tun?", wollte sie wissen.

„Lüge mich nicht an, du dummes Ding. Du kannst mich nicht für blöd verkaufen", kreischte Esmeralda plötzlich und verpasste Berit wieder eine schallende Ohrfeige.

Tränen liefen Berit über das Gesicht. Dieser Schlag tat verdammt weh.

„Bitte nicht, ich verstehe nicht, ich lüge Sie bestimmt nicht an", weinte sie.

„Du kennst doch bestimmt Jonathan Bachmann. Er war der bekannteste Hexenjäger seiner Zeit", erzählte sie.

„Nein, ich kenne niemanden mit so einem Namen", erwiderte Berit.

Doch sofort setzte es noch eine Ohrfeige und noch eine. Esmeralda war außer sich.

„Du Schlange, du lügst. Du willst mir doch etwas vormachen. Deine ganze Familie ist schon seit Jahren hinter uns Hexen her. Nur, weil dieser Jonathan behauptet hat, wir wären alle böse. Und bald wirst du auch eine Hexenjägerin sein. Aber ich werde es dir austreiben. Vorher bist du tot!", schrie sie und schlug immer wieder auf Berit ein.

Berit versuchte ihre Arme hochzuhalten, um ihr Gesicht zu schützen, doch Esmeralda traf immer und immer wieder.

Bis sie plötzlich von ihr los ließ.

„Wenn du erst einmal im Flugzeug sitzt, wirst du zum Blocksberg geflogen. Dort warten sie auf dich und werden dich bei lebendigen Leibe auf dem Scheiterhaufen verbrennen. So, wie es deine Vorfahren mit uns gemacht haben", lachte sie.

„Wusstest du, dass es immer noch Bachmanns gibt, die Hexen jagen? Wir werden eure Familien auslöschen. Das verspreche ich dir", erklärte sie noch.

„Bitte, ich verstehe das alles nicht. Ich habe nichts gegen Hexen. Ich wusste ja noch nicht einmal, dass es welche gibt. Bitte, tun Sie mir das nicht an", bettelte sie.

Doch Esmeralda blieb hart.

„Nein, deine Linie muss ausgelöscht werden. Ihr werdet nicht aufhören, uns zu jagen und zu töten", sagte sie.

„Ich glaube eher, dass sie mich mit irgendjemandem verwechselt haben. Ich verstehe wirklich nicht, was Sie da die ganze Zeit erzählen. Mein Vater hat noch nie Hexen gejagt und mein Opa auch nicht", versuchte Berit Esmeralda zu erklären.

Esmeralda wurde wieder wütend. Ihre Augen funkelten schwarz wie die Nacht.

„Jetzt halt dein blödes Maul. Ich habe genug von deinem Gerede", motze sie und hielt ihre rechte Hand drohend in die Höhe um Berit erneut ohrfeigen zu können.

Berit zuckte kurz und sagte nichts mehr.

„Komm jetzt", sagte Esmeralda und packte Berit wieder am Arm, um sie mit sich zu ziehen.

Berit folgte ihr gehorsam.

Sie gingen einen Flur entlang bis zur letzten Tür am Ende des Ganges.

Esmeralda öffnete sie und schaltete das Licht in dem Raum an.

Das war das Schlafzimmer der Hexe. Darin stand ein großes Himmelbett mit roten Samtvorhängen. An einer Wand sah Berit eine goldene Kommode stehen. Vor

einer anderen Wand stand eine Truhe. Sie war aus dunklem Holz, vielleicht aus Eiche, und wirkte sehr massiv.
An der einen Seite der Truhe sah Berit ein Schloss.
Sie schreckte zurück.
Esmeralda wusste sofort was sie dachte.
„Doch, Berit, das ist dein Bett. Leg dich hinein", befahl sie ihr, ging hinüber und öffnete den Deckel.
„Ich kann das nicht, ich kann da nicht rein, ich habe schreckliche Platzangst", erwiderte Berit und merkte im selben Moment, wie die Katze wieder um ihre Beine strich.
„Das ist mir scheißegal, ob du Platzangst hast. Du solltest lieber Angst vor mir haben", sagte Esmeralda und war ein klein wenig beleidigt, dass Berit anscheinend vor der Truhe mehr Angst hatte als vor ihr.
Luzifer hob wieder seine Tatze und kratzte Berit, aber dieses Mal an ihrem anderen Bein, bis sie wieder blutete.
„Oh, feines Katerchen", lobte Esmeralda ihn. „Zeig unserem Gast, wer hier das Sagen hat. Los rein da jetzt."
Berit wurde übel. Ihr blieb nichts anderes übrig, als sich in die Truhe zu legen. So langsam verließ sie der Mut.
Wie würde diese Geschichte weitergehen?
Sie wusste nur, dass diese Nacht ein böses Ende nehmen würde und sie nichts daran ändern konnte.
Der Boden der Truhe war mit einer Art Schaumstoff ausgelegt der mit Samt bezogen war. Gemütlich war das nicht gerade, aber immer noch besser, als auf dem nackten Holz liegen zu müssen.

Als Berit sich hingelegt hatte, machte Esmeralda den Deckel zu und Luzifer setzte sich sofort auf die Truhe und bewachte ihn.

Berit schloss die Augen, so konnte sie es hoffentlich besser aushalten. Sie hatte große Angst Panik auf Grund der Enge und Dunkelheit zu bekommen. Sie versuchte sich etwas zu beruhigen. Doch das war schwerer als gedacht.
Sie versuchte zu begreifen, was das alles zu bedeuten hatte.
Waren ihre Vorfahren tatsächlich Hexenjäger?
Sie hatte noch nie etwas davon gehört. Es ergab alles keinen wirklichen Sinn, auch wenn sie Esmeralda sehr ernst nahm.
Berit berührte ihre Wange und bemerkte, dass sie noch nass von den Tränen war. Ihre Lippe war geschwollen. Das musste von den vielen Schlägen gekommen sein, die ihr Esmeralda verpasst hatte.
Sie wollte einfach nur nach Hause.
„Bitte, lieber Gott, hilf mir", bettelte sie ganz leise, damit die Hexe sie nicht hören konnte.
Keiner wusste, dass sie hier war. Niemand würde sie suchen. Ob ihre Eltern sie schon vermissten?
Diese schreckliche Frau hielt sie gefangen und morgen würde sie sterben, auf einem Scheiterhaufen lebendig verbrannt werden, und niemand wusste, dass sie hier in dieser Truhe lag.
Wer konnte sie aus dieser misslichen Lage noch retten?

Jacob

„Los, Leute. Wie sieht es jetzt aus? Lust auf einen kleinen Einbruch?", fragte Jores, nachdem sie minutenlang im Dunkeln gewartet hatten.
„Das hört sich an, wie bei Kriminellen, aber du hast Recht. Wir müssen jetzt irgendwie versuchen in das verdammte Haus zu kommen", antwortete Patrick.
„Ich hoffe, dass Berit da noch drin ist", sagte Jores.
„Ja, warum sollte sie denn nicht mehr im Haus sein? Du hast doch beobachtet, wie der Lieferwagen in die Garage gefahren ist oder etwa nicht?", erwiderte Patrick, der Jores Gedankengang nicht nachvollziehen konnte.
„Ja, ich weiß. Aber ich habe Berit nicht sehen können. Ich habe nur auf der Kirmes gesehen, wie die Clowns sie entführt haben und in den Lieferwagen packten, ansonsten konnte ich sie leider nicht sehen", erklärte Jores genau.
„Und was willst du jetzt damit sagen?", fragte Patrick nach.
Merle stand nur daneben und fragte sich, ob die beiden gar nicht mit ihr reden wollten.

Die Jungs wussten doch, dass sie mit den Geistern sprechen konnte. Hier waren genug auf dem Rasen und um das ganze Haus herum.
Vielleicht könnten sie mit ihrer Hilfe eine Möglichkeit finden, in das Haus zu kommen.
Doch Patrick und Jores ignorierten sie völlig.
„Ich will nur damit sagen, dass ich nicht hundertprozentig sicher bin, dass Berit hier ist", antwortete Jores auf Patrick's Frage.
„Und wie sicher bist du dir?", fragte Patrick ihn mittlerweile etwas gereizter.
„Sagen wir mal so. Ich gehe sehr stark davon aus, dass Berit hier ist. Ich habe nur kein gutes Gefühl bei der Sache. Hast du mal die Clowns gesehen? Das sind echte Brocken", erwiderte Jores.
Patrick nickte: „Ja, ich weiß. Ich habe den einen auf dem Friedhof gesehen."
„Die anderen vier sehen genauso aus", erklärte Jores und ihm kamen wirkliche Bedenken.
Er wollte Berit ja gern retten, aber dabei sein eigenes Leben aufs Spiel setzen, dieser Gedanke gefiel ihm ganz und gar nicht. Er fühlte sich wirklich elend.
Es kam ihm wie eine Ewigkeit vor, seitdem er und Merle die Entführung beobachtet hatten. Debbie konnten sie befreien, doch Berit war wohl noch in ihrer Gewalt.
„Das ist echt alles völlig verrückt", sagte Jores und schüttelte den Kopf.
Er wusste nicht, was er tun sollte. Diese vier Clowns waren echt riesige Kerle und dann sollte auch noch diese Hexe in dem Haus sein.

Er konnte doch jetzt nicht einfach aufgeben. Zu stark fühlte er sich zu Berit hingezogen.
Er wollte ihr helfen, ein Held sein. Sie befreien und sie in seine Arme nehmen und hoffte natürlich auch, dass sie sich auch in ihn verlieben könnte.
„Also, was machen wir jetzt?", fragte Patrick erneut und holte Jores damit aus seinen Gedanken.
„Entschuldige", Jores zuckte mit den Schultern. „Mir ging gerade nur etwas durch den Kopf. Uns wird wohl nichts anderes übrig bleiben, als in dieses Haus einzusteigen und Berit zu befreien."
Patrick nickte ihm zu und ging langsam zur Vorderseite des großen, weißen Hauses. Die anderen beiden folgten ihm unauffällig.

Die Lichter waren im Haus mittlerweile alle erloschen, nur die kleine Lampe am Eingang ging wieder an, als sie dem Eingang nahe kamen.
Patrick fühlte noch mal am Hosenbund, ob er seine Pistole für den Notfall griffbereit hatte. Dann zog er sein T-shirt darüber, damit man sie nicht sofort sah.
Er hoffte, sie nicht benutzen zu müssen, denn wahrscheinlich würde es ihm nicht leicht fallen, auf die Clowns zu schießen. Er war ja schließlich kein Mörder.
Doch wenn sein eigenes Leben in Gefahr sein sollte, oder das seiner Freunde, würde er schießen.
Jores und Merle folgten ihm dicht auf den Fersen.
Jores spürte wie sein Herz raste, doch er nahm sich vor, das jetzt und hier zu Ende zu bringen. Sie mussten das nun durchziehen.

Er ärgerte sich etwas, dass er die Waffen aus seinem Golf nicht mitgenommen hatte. Nun musste er sich auf Patrick verlassen.

Das Vorhaben war doch ziemlich verrückt. Andererseits war es auch nicht verrückter als einem Lieferwagen mit vier Clowns bis nach Holland zu folgen, die einfach so Grenzbeamte erschießen.

Während die drei langsam auf das Haus zugingen, erschauderte Jores. Es war auf einmal so kalt geworden, dass er sogar eine Gänsehaut bekam.

War es das Wetter?

„Mir kommt es so vor, als wären wir von purer Bosheit umgeben", flüsterte er, damit sie im Haus niemand hören konnte.

„Das ist keine Bosheit, du spürst die Geister", erklärte Merle. „Sie sind überall um uns herum."

Jetzt erschauderte Jores noch mehr.

Das Gefühl, umringt von Geistern zu sein, gefiel ihm gar nicht.

„Sagen sie etwas zu dir?", fragte er Merle.

„Nein. Sie beobachten uns nur. Sie glauben, wir werden bald sterben", antwortete sie.

„Na toll. Das sagst du uns jetzt?", mischte sich Patrick ein, der auch schon ziemlich nervös war.

„Irgendwie komisch, aber das gleiche Gefühl habe ich auch", entgegnete Jores.

„Vielleicht sollten wir doch irgendwie Hilfe holen", schlug Merle vor.

„Das Thema hatten wir doch schon. Keine Hilfe, keine Polizei. Das bringt doch alles nichts. Das machen wir jetzt allein. Wir schaffen das schon", versuchte Jores seine Freunde, aber auch sich selbst zu motivieren.

„Diese Geister hier sehen aber so böse aus. Ich habe richtige Angst vor ihnen. Was ist, wenn sie zu der bösen Hexe Kontakt aufnehmen und uns verpfeifen?", fragte Merle, die mehrere Geistergestalten um sie herum beobachtete.

„Bitte Merle, jetzt hör auf. Mir geht auch gerade der Arsch auf Grundeis. Und es ist alles ein wenig zu viel für mich. Große Clowns, Geister, Hexen und und und. Diese Nacht schafft mich, aber ich reiße mich jetzt zusammen und hole Berit da raus. Koste es was es wolle", sagte Jores schroff.

Er hatte ebenfalls Angst, wollte es aber nicht zeigen und sich auch nicht verrückt machen lassen. Er würde es sich niemals verzeihen, wenn er es nicht wenigstens versucht hätte.

Jores wusste nicht, wie er die Clowns einschätzen sollte, oder die Hexe, von der Merle gesprochen hatte. Solche Wesen hatte er noch nie gesehen, höchstens im Film. Und trotzdem wollte er sich in das Haus schleichen.

Er wusste, dass die Situation für ihn und seine Freunde sehr gefährlich war. Falls sie geschnappt würden, würden die Clowns sie bestimmt irgendwo verscharren - oder Schlimmeres mit ihnen anstellen.

Es beruhigte ihn ein wenig, dass Patrick und Merle nun bei ihm waren und, dass Patrick eine Waffe dabei hatte.

Aber auch zusammen hatten sie keine Garantie, dass sie diese Nacht überleben würden, wenn sie nun wirklich in dieses Haus einstiegen.

Berit lag in ihrer Truhe. Es war sehr unbequem. Zweimal hatte sie versucht, den Deckel mit ihren Knien aufzudrücken, aber sofort gemerkt, dass sie dort festsitzen würde, bis die Hexe sie wieder rausholen würde.
Esmeralda hatten den Deckel heruntergeklappt und verriegelt. Ohne ihre Hilfe würde sie hier nicht mehr rauskommen.
Irgendwann hörte Berit, wie sich jemand der Truhe näherte und mit den Fingern leise auf ihr klopfte.
„Du bist nicht mein erstes Opfer", lachte Esmeralda.
„Warte erst einmal, wenn du die anderen kennenlernst."
Sie sagte das so beiläufig, als wäre es das Normalste auf der Welt und völlig belanglos.
„Wer denn?", fragte Berit vorsichtig, obwohl sie schon wusste, dass ihr die Antwort bestimmt nicht gefallen würde.
„Die anderen. Sie werden von dir begeistert sein", lautete Esmeraldas rätselhafte Antwort. Dabei klopfte sie wieder mit ihren Fingern auf der Truhe herum.
Berit lief ein kalter Schauer über ihren Rücken. Welche anderen meinte sie nur? Sollte sie die Hexe fragen?
Berit gab sich einen Ruck und versuchte es.
„Welche anderen? Meinen Sie die anderen Clowns?"
Berit wünschte sich, der Deckel der Truhe wäre offen. Es war so eng, dunkel und unbequem hier.
Esmeralda lachte. „Du bist echt ein dummes Mädchen. Ich habe dir doch gesagt, dass die Clowns meine Kinder sind. An dem Ort, wo sie dich hinbringen werden, gibt es sie nicht. Sie können nur bei mir leben. Dort, wo du

hinkommst, arbeiten alle daran, die Familie der Hexenjäger auszulöschen."
„Aber ich jage doch gar keine Hexen. Ich verstehe nicht, was Sie von mir wollen", rief Berit. Sie verstand es immer noch nicht. Was hatte sie damit zu tun? Esmeralda antwortete nicht auf ihre Frage, sondern ging an ihr Handy, das plötzlich anfing zu klingeln.
„Ja?", fragte sie kurz und knapp.
„Ich ... habe ... schlechte ... Nachrichten", meldete sich ein Mann mit schleppender Stimme.
„Schlechte Nachrichten? Was für schlechte Nachrichten?", fragte Esmeralda und fing an zu toben. Nicht noch eine Hiobsbotschaft in dieser Nacht.
Dieser schrecklichen Hexe möchte ich aber keine schlechten Neuigkeiten überbringen, dachte Berit. Sie hörte wie Esmeralda bei dem Gespräch in dem Zimmer auf und ab stampfte, wahrscheinlich vor Wut.
„Es ... geht ... um ... das ... Mädchen", sagte der Mann.
„Jacob, bist du das?", wollte Esmeralda verärgert wissen. Ihr kam seine Stimme bekannt vor.
„Ja ... Mutter", stotterte er. Es viel ihm schwer seiner Mutter diese Nachricht zu überbringen, denn er hatte solche Angst vor den Konsequenzen, die auf ihn zukamen.

Es hätte Berit getröstet, die Angst in seiner Stimme zu hören. Das hätte ihr gezeigt, dass sie sich nicht als Einzige vor Esmeralda ängstigte. Doch sie konnte nur eine Stimme des Telefonats hören. Esmeralda's Stimme.

Esmeralda kochte vor Wut. Sie konnte sich schon denken, was jetzt kam.
„Lebt sie noch?", fragte sie.
„Ja", antwortete er ihr knapp. Jetzt konnte sie ihre Wut nicht mehr zurückhalten. Das durfte doch nicht wahr sein.
„Nein!", schrie sie. „Nein! Nein! Nein! Erzähl mir ja nicht, dass sie lebt! Wie konntest du das zulassen?"
„Ich ... habe ... getan ... was ... ich ... konnte", stotterte er weiter.
„Anscheinend ja nicht!", schrie sie ihn an. „Was hast du falsch gemacht?"
„Da ... war ... ein ... Mädchen", erzählte er.
„Wo war ein Mädchen? Was für ein Mädchen?", keifte sie. Sie war außer sich.
„Auf ... dem ... Friedhof. Ich ... habe ... sie ... verfolgt."
„Du hast das Mädchen verfolgt? Jacob, was erzählst du mir da für einen Mist?"
„Ja ... habe ... sie ... verfolgt."
„Wer war sie?", wollte sie wissen.
„Ich ... weiß ... nicht."
Esmeralda verdrehte ihre Augen. Dieser Nichtsnutz.
„Warum hast du die dann verfolgt, wenn du sie gar nicht kanntest?", schrie sie erneut.
„Ich ... dachte ... sie ... wollte ... mit ... mir ... Fangen ... spielen."
„Du dachtest, sie wollte mit dir Fangen spielen? Mitten in der Nacht, auf einem Friedhof? Du sollst nicht denken, du verdammter Trottel!", kreischte sie, außer sich vor Wut. „Ich habe dir nicht erlaubt zu denken. Du

solltest nur das machen, was ich dir gesagt habe, nichts anderes. Was ist dann passiert?", wollte sie wissen.
Berit war sehr erschrocken, wie wütend und böse Esmeralda bei dem Telefonat geworden war. Die Hexe war wirklich außer sich vor Zorn.
„Sie ... ist ... entkommen", gestand Jacob.
„Ich will wissen, was mit dem anderen Mädchen war, du Idiot!" Esmeralda schrie wieder und vor Wut schlug sie mit aller Kraft gegen die Wand.
Putz löste sich und rieselte zu Boden.
„Ein ... Junge ... war ... da."
„Ein Junge? Was für ein Junge?", schrie sie. Das konnte doch nicht wahr sein. Was erzählte Jacob ihr da nur?
„Irgendein ... Junge. Er ... hat ... ihr ... wohl ... geholfen. Als ... ich ... zum ... Wagen ... zurück ... gegangen ... bin ... war ... sie ... weg."
Esmeralda fing an Flüche auszustoßen und zu toben.
Erschrocken zuckte Berit erneut zusammen. Die Hexe hörte sich wirklich Furcht einflößend an. Berit wusste nicht, was Esmeralda für Neuigkeiten gehört hatte, aber es waren offenbar schlechte, sehr schlechte.
„Also hast du sie entkommen lassen?"
„Ja ... es ... tut ... mir ... leid."
Das es ihm leid tat, hörte man ihm auch an. Er klang, als sei er einer Panik nahe.
„Du weißt, was das bedeutet, Jacob?", drohte Esmeralda ihm.
„Entschuldige ... Mutter."
„Mit einer Entschuldigung ist es nicht getan, du Trottel. Dafür landest du wieder im Regal und bleibst da. Für immer und ewig!"

„Aber ... ich ... war ... doch ... brav. Ich ... wollte ... doch ... nur ... spielen."
„Ja, aber jetzt hast du bei einem sehr, sehr wichtigen Auftrag versagt. Ich muss dir wohl nicht erst sagen, wie unzufrieden ich mit dir bin."
„Nein ... es ... tut ... mir ... leid."
„Nicht auszudenken, wenn sie zur Polizei geht und denen alles erzählt. Du hast mich schrecklich enttäuscht, Jacob."
„Das ... wollte ... ich ... nicht."
„Komm jetzt nach Hause. Bevor du noch mehr Blödsinn machst."
„Bitte ... sei ... nicht ... böse ... Mutter."
Seine Stimme klang leblos. Er hörte sich an wie ein Zombie, als hätte die Hexe ihn schon getötet.
Er wollte nicht nach Hause. Nicht zu ihr. Er hatte Angst.
„Ich habe dir vertraut, Jacob", erinnerte ihn Esmeralda.
„Mir kann hier alles um die Ohren fliegen. Sie könnten mich für dein Versagen bestrafen. Nur weil du nicht in der Lage bist, einen einfachen Auftrag zu erledigen."
„Bitte ... verzeih ... mir ...."
Sie unterbrach ihn: „Nein, das kann ich nicht verzeihen. Komm jetzt sofort nach Hause, damit ich dich dahin stecken kann, wo du hingehörst."
„Bitte ...", versuchte Jacob sie umzustimmen. Doch Esmeralda blieb hart.
„Nein. Und denk nicht mal daran wegzulaufen. Ich würde dich überall finden, bevor du weißt, wie dir geschieht. Und dann verbrenne ich dich bei lebendigem Leib, genau wie deinen Bruder."
Jacob erschrak. Seine Angst wurde immer größer.

„Nein ... ich ... laufe ... nicht ... weg ... Mutter", versprach er.
„Mutter?", sagte er noch. Denn er musste ihr noch etwas beichten.
„Ja?"
„Ich ... kann ... nicht ... kommen. Ich ... habe ... einen ... platten ... Reifen."
Was kam denn noch alles? Esmeralda verzweifelte. Wie konnte man nur so unfähig sein? Vielleicht sollte sie ihren Figuren beim nächsten Mal etwas mehr Verstand einflößen.
„Wie hast du das denn geschafft?", fragte sie den Clown.
„Jemand ... hat ... ein ... Loch ... in ... den ... Reifen ... gestochen."
„Hast du ein Ersatzrad?"
„Ich ... glaube ... schon."
„Glauben ist nicht Wissen. Kannst du das Rad auch wechseln?"
„Ich ... glaube ... ja."
Vor Wut schrie Esmeralda laut auf. „Dann mach das, und komm nach Hause, du Trottel."
Dann schleuderte sie ihr Handy vor Wut gegen die Wand.
Es zerbrach sofort in seine Einzelteile.

Sie war außer sich vor Zorn. Alles hing nun am seidenen Faden. Wenn diese Mission scheiterte, dann würde sie niemals dafür belohnt werden und ihre Kräfte würden sich nicht verstärken. Ganz im Gegenteil, wenn es schief läuft, würde man sie bestrafen, ihr vielleicht

die Kräfte nehmen oder sie sogar vernichten. Und das alles, weil ihre Kinder einfach zu blöd waren, normale Befehle zu befolgen.
Sie wollte die mächtigste Hexe von allen werden und dafür würde sie alles tun. Einfach alles.
Sogar diese Berit mit ihren eigenen Händen ermorden. Nur, so war es nicht vorgesehen. Sie sollte vor allen mächtige Hexen geopfert werden. Also musste sie abwarten, bis sie morgen zum Flughafen gebracht wurde.

„Hast du das Gespräch mit angehört?", schrie Esmeralda in Richtung des Sarges in dem Berit lag.
Berit erschrak.
Sollte sie ihr ehrlich antworten? Durfte sie etwas gehört haben oder lieber nicht? Sie hatte Angst, etwas Falsches zu sagen.
Also antwortete sie Esmeralda nicht.
„Ich habe dich etwas gefragt, Mädchen!", schrie sie noch einmal und schlug dabei auf den Sarg.
Berit tat so, als wüsste sie nicht, was die Hexe meinte.
„Was soll ich mitgehört haben?"
„Den Anruf natürlich", motzte sie.
„Ich habe nicht verstanden, was Sie gesagt haben", antwortete Berit ihr und das war fast die Wahrheit.
Natürlich hatte sie jedes Wort verstanden, was Esmeralda in den Hörer geschrien hatte. Nur nicht, was der Anrufer gesagt hatte.
„Anscheinend wurde deine Freundin gerettet. Sie ist doch nicht tot", erzählte Esmeralda.

Berit biss sich auf die Lippen. Sie wollte nichts mehr sagen.
Sie hatte so etwas schon geahnt, als sie das Telefonat mitbekommen hatte. Es musste sich um Debbie handeln. Nur, wer hatte sie gerettet? Und warum kam ihr niemand zu Hilfe? Warum Debbie? Und nicht sie? Das war so ungerecht.
Sie kam sich ein wenig selbstsüchtig vor. Doch sie war einfach nur verzweifelt.

Esmeralda entriegelte das Schloss der Truhe und öffnete sie, damit sie Berit anschauen konnte.
„Hast du eine Ahnung, wer deine Freundin gerettet hat?", fragte sie Berit und schaute sie mit ihren bösen roten Augen funkelnd an.
Berit's Körper war völlig steif vor Angst.
„Nein. Ich weiß es nicht. Ich habe doch die ganze Nacht gefesselt im Lieferwagen gelegen."
„Passt vielleicht einer von deiner Hexenjäger-Familie auf euch auf?", wollte sie wissen. Doch Berit hatte keine Ahnung.
Schön wäre es, dachte sie nur.
„Ich weiß nicht, wer Debbie gerettet hat und wir sind auch keine Hexenjäger-Familie", versuchte sie sich erneut zu erklären. Doch sie wusste, dass Esmeralda das sowieso nicht glauben würde.
„Ich warne dich, Mädchen. Wenn wieder irgendetwas Unvorhergesehenes passieren sollte und wir noch einmal daran gehindert werden, dich von hier wegzuschaffen, dann bringe ich dich höchstpersönlich um. Hast du mich verstanden?", schrie Esmeralda und

schlug die Truhe mit einem Ruck wieder zu, ohne eine Antwort abzuwarten.

„Warum hassen Sie mich eigentlich so?", schluchzte Berit. „Ich habe Ihnen doch überhaupt nichts getan."
„Weil deine Familie seit Jahrhunderten schreckliche Dinge tut. Jetzt ist die Zeit gekommen, deine ganze Familie auszulöschen, damit wir in Ruhe leben können", erklärte sie.

„Bitte", bettelte Berit. „Müssen Sie das tun? Mein Vater hat Geld, er könnte Ihnen doch Lösegeld bezahlen."
„Es geht mir nicht ums Geld. Glaube mir, wir haben genug Geld. Mehr, als wir jemals ausgeben können. Es geht hier nur um deine Familie - um dich und jeden deiner Blutsverwandten. Ihr werdet alle sterben. Jedes Mal, wenn einer von euch stirbt, wird meine Welt für mich und meinesgleichen ein wenig sicherer. Viele meiner Freunde haben sich heute Nacht versammelt und warten schon auf deine Ankunft", erzählte Esmeralda.

„Wirklich?", fragte Berit und wollte es gar nicht glauben. Denn hier brauchte sie nur Esmeralda zu fürchten. Doch wenn sie erst einmal auf dem Blocksberg war, wie Esmeralda das erwähnte, würden dort viele Hexen auf sie warten und ihr den Tod wünschen. Das war ein schrecklicher Gedanke.

„Ja, wirklich Berit. Wir haben uns schon lange darauf vorbereitet. Wir wissen auch, dass du übermorgen achtzehn wirst. Das ist ein magischer Tag. Denn dann wirst auch du zum Hexenjäger. Und wenn die ganzen Erinnerungen deiner Vorfahren und ihre Kraft in dir

erwachen, wirst du sterben. Du kannst nichts dagegen tun", lachte Esmeralda boshaft.
Darauf wusste Berit keine Antwort. Die ganze Zeit über hatte sie geglaubt, sie sei nur zufällig ausgesucht worden und dass es sich hierbei um ein Versehen handelte. Dass man sie mit jemand anderem vertauscht hatte. Doch jetzt wurde ihr klar, dass sie sich getäuscht hatte. Die Clowns hatten gezielt nach ihr gesucht. Man kannte sie sehr genau. Wo sie wohnte, wo sie war, wann sie Geburtstag hatte, ihren Namen. Einfach alles. Doch dann fiel ihr wieder Debbie ein.
„Aber warum haben sie Debbie entführt? Sie ist nicht mit mir verwandt", fragte sie.
„Du hast recht, Berit", stimmte Esmeralda ihr zu. „Die Dummköpfe haben euch zusammen gesehen und einfach nicht nachgedacht. Sie dachten, sie könnten euch beide einfach mitbringen. Aber deine Freundin brauche ich nicht. Sie war einfach zur falschen Zeit am falschen Ort. Pech gehabt. Deswegen habe ich meinen Jacob losgeschickt, sie zu entsorgen. Aber sie ist irgendwie geflohen. Eigentlich ist das egal. Sie kann niemandem etwas erzählen. Erstes würde man ihr sowieso so eine Geschichte nicht glauben und zweitens sind wir so zahlreich, dass es uns überall gibt. Es gibt tausende von uns, in jedem Lebensbereich. Wir passen auf uns auf. Ist jemand in Not, kommt ein anderer ihm zur Hilfe. Nur dir wird leider keiner helfen können, Berit Bachmann. Die Hexenjäger wären deine einzige Hoffnung, aber auch für sie ist es zu spät. Sie werden dich nicht finden", sagte sie und hielt kurz inne.
Denn eine Sorge hatte Esmeralda.

Sie konnte sich nicht erklären, wer dieser Junge und dieses Mädchen waren, die Debbie gerettet hatten.
Was hatten sie mit dieser Geschichte zu tun? War es nur Zufall? Oder würden sie auch versuchen, Berit zu befreien?
Aber sie konnten ja nicht an zwei Orten zur selben Zeit sein. Sie konnten ja nicht Debbie retten und gleichzeitig mitbekommen haben, wo Berit hingebracht wurde.
Nein, das ging nicht.
Esmeralda schaute noch einmal zur verschlossenen Truhe hinüber.
Sie würde Berit nicht gehen lassen, auf gar keinen Fall.
„Bald bist du tot", lachte Esmeralda.

Jores, Patrick und Merle standen immer noch vor dem Haus und versuchten, einen vernünftigen Plan auszuarbeiten, als ein Auto in die Straße einbog und den Parkplatz vor dem Haus ansteuerte.
Schnell reagierten die drei und versteckten sich hinter einer Hecke am Nachbargrundstück. Es war, Gott sei Dank, sehr dunkel, dass man sie nicht so schnell sehen konnte.
Die drei standen im Schatten und sahen gebannt zu, wie ein grüner Pick-up auf dem Parkplatz anhielt.
„In diesem Wagen war Debbie", flüsterte Patrick.
„Das wollte ich auch gerade sagen", meinte Jores. Er hatte den Pick-up zwar nur kurz gesehen, als sie in Holland waren, aber sofort wiedererkannt.
Nachdem er auf dem Parkplatz geparkt hatte, stellte der Clown den Motor ab und stieg langsam aus.

Sichtlich niedergeschlagen und mit gesenktem Kopf schlurfte er zur Eingangstür und klopfte.
Sofort gingen die Außenbeleuchtung und Licht in einem der Zimmer an.
„Wenn ich nicht wüsste, was er gemacht hätte, dann könnte er mir richtig leid tun. Schaut ihn euch mal an", sagte Jores.
„Er ist ein böser Typ. Er hat deine Cousine über den ganzen Friedhof gejagt und Debbie wollte er begraben. Nicht auszudenken, was er mit Merle gemacht hätte, wenn er sie erwischt hätte", fügte Patrick hinzu.
„Er hätte mich schon nicht erwischt. So schnell war er gar nicht", meldete sich Merle zu Wort.
„Das hätte ich auch nicht zugelassen", sagte Patrick und streichelte Merle zärtlich über ihre Wange.
Ihr wurde ganz warm und ihr Herz machte einen kleinen Sprung.
War das der richtige Zeitpunkt, um sich Hals über Kopf zu verlieben? Patrick war so süß. Sie hatte Schmetterlinge in ihrem Bauch.
Doch Jores holte sie zurück auf den Boden.
„Hey, ihr beiden. Jetzt nicht ablenken lassen", sagte er und zeigte zur Tür.
Sie war bereits geöffnet und eine große dünne Frau mit schwarzen Haaren und schwarzer Kleidung stand vor dem Clown.
Sie sagte nichts, schaute ihn nur böse an und gab ihm eine schallende Ohrfeige.
„Ich glaube, die Farbe auf seinem Gesicht ist keine Schminke", bemerkte Patrick, „Normale Schminke wäre mittlerweile längst verlaufen oder verschmiert. Und

diese Frau, hat auch keine Farbe an ihren Händen. Aber wie kann ein solches Gesicht echt sein?"
Jores zuckte mit den Schultern. Darauf hatte er keine Antwort.
Er wollte aber jetzt auch nicht über Schminke oder so etwas rätseln, lieber wollte er das Gespräch zwischen Clown und Hexe mitbekommen.
Obwohl er immer noch nicht glauben konnte, dass diese dürre Frau eine Hexe sein sollte.

„Du Versager!", schrie Esmeralda ihn an.
„Ich ... weiß ... Mutter."
Er sprach langsam und stockend, so als müsste er um jedes Wort ringen und als hätte er große Angst.
Die drei jungen Leute waren sich sicher, dass die Frau unmöglich die Mutter des Clowns sein konnte.
„Mutter" war sicher nur eine Art Anrede.
„Was ... soll ... ich ... jetzt ... machen ... Mutter?", fragte der Clown.
„Als Erstes musst du den Wagen loswerden. Du hast ihn gestohlen, oder?", fragte sie ihn.
„Ja."
Esmeralda kochte schon wieder vor Wut. Ihre Augen wurden blutrot.
„Warum bist du dann mit ihm hierher gekommen, Jacob? Willst du etwa die Polizei zu meinem Haus führen?", fragte sie ihn.
„Du ... hast ... gesagt ... ich ... soll ... nach ... Hause ... kommen. Du ... hast ... mit ... mir ... geschimpft."

„Aber doch nicht mit diesem Wagen, du verdammter Trottel. Fahr jetzt irgendwohin, stell ihn ab und komm zurück", schrie sie ihn an.

„Ja ... Mutter."

„Und pass auf, dass dich nicht jeder sehen kann!", befahl Esmeralda barsch.

„Es ... tut ... mir ... leid ... Mutter."

„Das sollte es auch", erwiderte sie unversöhnlich. „Ich hätte dich gar nicht benutzen dürfen. Aber ich habe gedacht, mit einer so einfachen Aufgabe würdest du fertig werden."

Mit gesenktem Kopf stand der Clown vor ihr und schwieg.

„Jetzt geh schon. Und rede um Himmels Willen mit niemandem. Das fehlte mir auch noch!"

„Ja ... Mutter."

Er stand immer noch vor ihr und senkte seinen Kopf.

„Dann geh jetzt auch. Steh nicht so dumm hier herum!", schrie sie und gab ihm einen Schubs.

Nickend wandte sich der Clown um und ging zurück zu dem grünen Pick-up.

Er lief schneller zum Wagen als vorher auf den Weg zum Haus, als wolle er so schnell wie möglich von der Frau wegkommen.

Die Hexe drehte sich um, kehrte in ihr Haus zurück und knallte die Tür zu.

„Was meint ihr? Sollen wir mal mit ihm reden?", meinte Merle.

„Sie hat ihm doch verboten, mit jemandem zu sprechen", wandte Patrick ein.

„Das heißt doch nichts", sagte Merle. „Vielleicht möchte er mit jemandem sprechen, wenn er alleine und von ihr unbeobachtet ist. Er sah echt traurig und ängstlich aus."
„So würde ich ihn nicht einschätzen", sagte Patrick.
Doch Jores überlegte kurz.
„Ich finde die Idee gar nicht mal so schlecht. Ich werde mit ihm reden. Mich kennt er noch nicht. Euch hingegen hat er schon auf dem Friedhof gesehen."
„Und was machen wir dann?", fragte Patrick. „Hier warten?"
„Wie ihr wollt. Ihr könnt auf mich warten, weiter nach einer Einstiegsmöglichkeit in dieses Haus suchen oder auch mitkommen. Obwohl ich das an eurer Stelle nicht machen würde. Wie gesagt, euch kennt er bereits."
„Wir bleiben lieber hier und warten auf dich", sagte Merle. „Ich gehe nicht allein ins Haus."
„Du lässt dich da auf ein gefährliches Spiel ein, Jores", sagte Patrick besorgt.
„Ihr habt die Frau doch gerade gesehen und auch bestimmt ihre blutroten Augen, oder?"
Patrick und Merle nickten.
„Seht ihr. Ich glaube, sie könnte uns echte Schwierigkeiten machen. Für mich sieht das wirklich nach einer Hexe aus."
„Ja, du hast recht. Für mich auch. Wahrscheinlich hat sie den Clown irgendwie verzaubert und deswegen verläuft die Schminke nicht. Der spricht auch eher wie ein Roboter oder so und nicht wie ein Mensch", bemerkte Patrick.

„Ich glaube auch, dass das die Hexe war. Die vielen Geister, die immer noch auf der Wiese stehen und das Haus beobachten, sind vor ihr zurückgewichen, als hätten sie Angst vor ihr gehabt. Wenn sich sogar Geister vor ihr fürchten, muss sie wirklich sehr, sehr böse sein", sagte Merle.
„Das werde ich jetzt herausfinden. Wünscht mir Glück und wartet hier. Ich komme gleich zurück", sagte Jores und ohne noch eine Antwort abzuwarten, verschwand er in Richtung des grünen Pick-up.

Esmeralda machte sich Sorgen.
Es ging ihr so viel durch den Kopf.
Hoffentlich vermasselte Jacob das nicht auch noch. Bis jetzt hatte sie noch nie ein Mädchen verloren. Es sah auch alles ganz gut aus, aber innerlich fühlte sie, dass etwas nicht stimmte.
Nur was war es?
Waren die Hexenjäger ihr auf die Spur gekommen?
Oder hatte sie eine Vorahnung, was sie erwarten würde, wenn sie versagte?
Man würde sie opfern und dann ihre Leiche spurlos verschwinden lassen oder sogar verbrennen. Danach würde es sein, als hätte es sie nie gegeben. Doch das wollte sie nicht. Wenn sie schon von dieser Welt gehen sollte, dann nur als eine der mächtigsten Hexen der Welt.
Man sollte sich an sie erinnern, Ihren Namen sollte jeder kennen. Und vor allem wollte sie noch nicht so früh gehen.

Sie brauchte einen Plan B.
Und sie wusste auch schon, was sie zu tun hatte.
Sie musste Eusenius Brown anrufen. Er war einst ihr Lehrer gewesen, knappe dreizig Jahre älter als sie und trotzdem total verknallt in sie gewesen.
Er würde alles für sie tun, das wusste sie.
Sie müsste von ihm schwanger werden und dann konnte man ihr nichts mehr anhaben. Ja, das war ihr Plan B.
Denn einer schwangeren Hexe war Immunität zuzusprechen und man konnte ihr nichts mehr zu Leibe tun, ganz egal was vorgefallen war.
Und das mit der Schwangerschaft war eine Leichtigkeit für sie. Der Zauber der Fruchtbarkeit war ziemlich einfach.
Und Eusenius war einfach zu verliebt, um zu begreifen was Sache war. Er würde einfach dem Zweck dienen.
Nur leider konnte sie diesen Zauber nicht bei Stuart Marquardt anwenden, denn er würde es sofort bemerken. Er war ihre große Liebe. Von ihm hätte sie gerne Kinder bekommen. Sie wäre sogar sesshaft mit ihm geworden. Nur dann musste ja Serafina ihn ihr wegschnappen. Mit dieser blöden Hexe hatte sie auch noch ein Hühnchen zu rupfen. Doch das musste noch warten. Eines Tages würde sie sicher die Chance kommen, es ihr heimzuzahlen. Das wusste sie.
Doch jetzt musste sie erst einmal an sich denken. Und dazu brauchte sie ein Kind, falls dieses Vorhaben hier nicht klappen sollte.

Jacob saß schon wieder im Wagen und wollte ihn gerade starten, als Jores bei ihm an die Beifahrertür klopfte und ihn durch das Fenster anschaute.
„Hallo", sagte Jores und winkte dem Clown freundlich zu.
Jacob war etwas verwirrt. Was wollte der Junge von ihm? Er kannte ihn nicht.
Doch er fuhr die Scheibe nach unten und sagte ebenfalls: „Hallo."
„Hallo. Kannst du mich vielleicht mitnehmen, mein Tank ist leer und ich müsste zu der nächstgelegenen Tankstelle", log Jores.
Der Clown lächelte leicht und ohne etwas zu sagen, öffnete er die Beifahrertür und ließ Jores herein.
„OK. Du kannst mitfahren", sagte er und klang anders als zuvor.
Er sprach weder zögerlich, noch stotternd wie mit der Frau, die er Mutter genannt hatte, noch so unnatürlich wie ein Roboter. Im Gegensatz zu den Clowns, die Berit und Debbie auf der Kirmes entführt hatten, wirkte er nicht sehr Furcht einflößend. Er schien auch nicht misstrauisch zu sein, was Jores ziemlich überraschte.
„Gott sei Dank. Es ist nicht leicht, jemanden zu so später Stunde zu finden, der einen mitnehmen kann. Ich danke dir", sagte Jores und reichte dem Clown seine Hand. „Ich bin Jores."
„Ich bin Jacob", antwortete der Clown und nahm Jores Hand entgegen. Dann fuhr er los.
„Ich bringe dich aber nur zur Tankstelle. Dann muss ich wieder nach Hause", sagte Jacob als sie auf der Königsallee Richtung Innenstadt waren.

„Nach Hause? Wo ist denn dein Zuhause?", fragte Jores. Er wollte sich etwas mit dem Clown unterhalten. Doch er merkte schon, dass er ein hartes Stück Arbeit vor sich hatte.
Der Clown war richtige Unterhaltungen offenbar nicht gewohnt.
„Bei Mutter", antwortete Jacob, den Blick nach vorne auf die Straße gerichtet.
„Du wohnst noch bei deiner Mutter?", fragte Jores und tat leicht entsetzt.
Einen Moment schwieg Jacob. Er sollte sich doch nicht mit Fremden unterhalten. Das würde bestimmt wieder riesigen Ärger geben.
Doch nun hatte er diesen Fremden schon in seinem Auto mitgenommen, also konnte er auch mit ihm sprechen.
„Eigentlich ist sie gar nicht meine Mutter. Sondern meine .... Herrin."
„Deine Herrin?", fragte Jores.
Jacob nickte, den Blick aber weiterhin starr geradeaus auf die Straße gerichtet.
„Wirklich?"
„Ja, ich bin nicht echt. Sie hat mich aus Knete gemacht und dann im Ofen fest gebrannt", erklärte Jacob. So langsam schien er Gefallen an der Unterhaltung zu haben.
Jores runzelte die Stirn. „Du siehst aber ganz normal aus, wie aus Fleisch und Blut."
„Bin ich aber nicht. Wenn ich zum Beispiel angeschossen werde, dann blute ich nicht, wie ihr Menschen."

Der letzte Satz erschreckte Jores. Er würde nicht bluten, also würden ihre Waffen gar keinen großartigen Schaden anrichten. Sie hatten also nichts, rein gar nichts, womit sie Berit retten konnten.

„Echt? Du blutest nicht?", sagte er nur. Er wollte die Unterhaltung nicht länger unterbrechen. Er musste es ausnutzen, dass Jacob so redselig war.

„Nein, ich blute nicht. Soll ich es dir mal zeigen. Ich habe ein Messer dabei", fragte Jacob.

Doch das wollte Jores nicht.

„Nein, nein. Ich glaube dir. Du brauchst es mir nicht zu beweisen. Was machst du denn alles so für deine Mutter?", fragte er ihn stattdessen.

„Alles, was sie will."

„Verstehst du dich gut mit ... Mutter?", wollte Jores noch wissen.

Langsam schüttelte der Clown den Kopf.

„Nein. Wir sind alle unzufrieden. Sie ist so böse zu uns. Wenn wir nicht das tun, was sie will, dann lässt sie uns monatelang in dem Regal stehen. Und sie schlägt uns, wenn wir ihre Aufträge nicht korrekt ausführen."

„Was macht ihr denn so für sie?", fragte Jores noch.

„Alles, was sie von uns will. Kleinigkeiten."

„Wen meinst du mit *uns*?"

„Mich und die anderen."

„Wie viele gibt es denn von euch?", fragte Jores.

Stirnrunzelnd überlegte der Clown. „Ich weiß es nicht. Zwanzig? Dreißig? Vierzig? Im Keller sind noch mehr und auch andere Knetfiguren."

Jores war etwas geschockt, versuchte aber, sich das nicht anmerken zulassen.

So viele? Doch er glaubte nicht, dass sie gerade alle zum Leben erweckt waren. Eher standen sie nun alle wieder in ihren Regalen.
Er wollte noch mehr erfahren, deswegen setzte er seine Unterhaltung mit Jacob fort.
„Das hört sich ja nach einer außergewöhnlichen Frau an."
„Sie ist eine Hexe", flüsterte Jacob und zog aufgeregt die Augenbrauen hoch.
„Eine Hexe? So was gibt es?", fragte Jores.
„Ja. Sie kann auf Besen fliegen und unglaubliche Sachen machen", erklärte der Clown.
Als Jores das hörte, kamen ihm echte Zweifel. Wie sollten sie gegen eine mächtige Hexe ankommen? Und wie konnten sie Berit von ihr befreien?
„Ist sie allein in ihrem Haus oder sind deine Freunde bei ihr?", wollte Jores wissen.
Er wollte wissen, ob sie es nur mit dieser Hexe zu tun hatten oder auch noch mit ihren Sklaven.
„Nein. Sobald wir wieder nach Hause kommen, stellt sie uns in ihr Regal", erklärte Jacob.
„Sorgt sie gut für euch?", fragte Jores noch. Der Clown tat ihm irgendwie leid.
„Nicht besonders", erklärte der Clown. „Es gefällt uns, wenn sie uns zum Leben erweckt, aber wir dürfen nie spielen, immer nur irgendwelche Sachen für sie machen. Und wenn wir versagen, dann bestraft sie uns und weckt uns für lange Zeit nicht wieder auf. Wenn ich gleich nach Hause komme, wird sie mich auch wieder in ihr Regal stellen oder sogar in den Keller stecken und nie

wieder wach machen. Vielleicht verbrennt sie mich auch."

„Warum wird sie das mit dir tun?", fragte Jores und er war wirklich etwas bestürzt, denn als der Clown das sagte, kullerten ihm sogar ein paar Tränen über seine Wangen.

Das war kurios, denn seine Schminke verlief wirklich nicht.

Und er tat Jores tatsächlich leid.

Mittlerweile waren sie an der nächsten Tankstelle, etwa 3 km vom Haus der Hexe entfernt, angekommen.

Jacob stellte den Wagen vor der kleinen Werkstatt ab und machte den Motor aus.

Er drehte sich zu Jores herum und schaute ihn an.

„Was ist, Jacob? Hast du etwas angestellt? Warum meinst du, wird sie dir was antun?", fragte Jores ihn.

„Ich habe versagt. Ich sollte ... ein Mädchen töten. Es ist mir entkommen", erzählte Jacob, als wäre es etwas ganz Normales, so etwas zu tun.

„Warum solltest du das Mädchen töten?", wollte Jores von ihm wissen.

„Weil Mutter es mir befohlen hat. Ich darf nicht nachfragen", erklärte er.

„Und warum willst du dann wieder zu ihr nach Hause?"

Der Clown schien wirklich nicht sehr intelligent zu sein. Kein normaler Mensch würde so etwas vor einem anderen alles zugeben. Aber er war ja auch gar kein Mensch, nur ein aus Knete gezauberter Sklave der bösen Hexe aus Bochum.

„Ich muss nach Hause, weil sie meine Herrin ist", antwortete der Clown. „Ich weiß nicht, was ich ohne sie machen soll."

„Kann ich dir vielleicht irgendwie helfen, Jacob?", fragte Jores und das meinte er wirklich ehrlich. Er hatte Mitleid mit dem Clown. Irgendwie war er gar nicht für sein Handeln verantwortlich. Er war nicht intelligent genug, um zu entscheiden, was richtig und was falsch war.

Er tat einfach nur das, was man von ihm verlangte, und hatte wie alle andern auch, eine große Angst vor der Hexe.

Jacob schüttelte den Kopf. „Nein. Niemand kann mir helfen. Nur Mutter kann das. Sie ist meine Herrin."

„Wird sie herausbekommen, dass du dich heute mit mir unterhalten hast?", wollte Jores wissen.

„Ja", war die knappe Antwort von Jacob.

„Wirklich?", wollte Jores wissen.

„Ja."

„Wie?", fragte er nach.

„Sie wird mich fragen. Und ich muss ihr die Wahrheit sagen. Immer", erklärte Jacob.

„Dann lüge sie doch an. Oder kannst du es nicht?", fragte Jores.

„Nein, ich kann sie nicht anlügen."

„Oh."

Mit einem Schlag wurde Jores bewusst, dass er irgendetwas machen musste, um den Clown daran zu hindern, zurück zur Hexe zu kommen. Er durfte der Hexe auf gar keinen Fall erzählen, dass sie sich unterhalten hatten.

Sie standen immer noch an der Tankstelle und der Clown stieg unerwartet aus.

„Wo willst du denn hin?", fragte Jores ihn.

„Ich muss nach Hause."

„Und dein Pick-up? Lässt du den hier einfach stehen?", fragte Jores ihn.

„Das ist nicht meiner. Ich soll ihn loswerden, hat Mutter gesagt", erklärte Jacob.

„Darf ich ihn haben? Dann kann ich zurück zu meinem Wagen damit fahren", fragte Jores.

„Von mir aus. Ich laufe oder nehme den Bus", erwiderte der Clown.

Er checkte gar nicht, dass Jores ebenfalls wieder zurück nach Stiepel wollte.

Jores musste es ausnutzen, dass Jacob nicht ganz so schlau war.

„Hey, Jacob", sagte Jores. „Schau mal, da kommt schon dein Bus. Du musst nur an der Endstelle aussteigen, dann bist du schon zu Hause", erklärte er ihm und zeigte auf den Bus, der gerade in die Nebenstraße an der Tankstelle einbog.

Er würde bis nach Bochum Linden fahren. In genau die falsche Richtung. Doch das wusste Jacob ja nicht. Und bis er gemerkt hätte, dass er völlig falsch ist, würde es lange dauern, bis er wieder zur Hexe zurückkam. Das würde Jores und seinen Freunden viel Zeit verschaffen.

„Oh, danke dir. Ich kenne mich mit Busfahren nicht so gut aus", rief der Clown und lief schnell zur Bushaltestelle und erreichte den Bus knapp.

Er stieg ein und setzte sich ganz nach hinten, damit er Jores noch einmal zuwinken konnte.

Oh, war Jacob dumm, aber er tat Jores auch wirklich leid. Er war wie ein kleines, naives Kind, dass einfach nur von seiner Mutter geliebt werden wollte und deswegen alles tat, was sie von ihm verlangte.
Doch durch die Irrfahrt nach Linden würde er nicht so einfach wieder nach Hause kommen, und so hatte Jores noch genügend Zeit mit seinen Freunden Berit zu befreien.

Jedenfalls wusste Jores nun, dass die Frau wirklich eine Hexe war. Er hatte keine Ahnung, was er nun tun sollte.
Hatten sie überhaupt eine Chance gegen sie?
Und eine Chance Berit zu befreien?
So wie Jacob sie beschrieben hatte, was sie eine sehr mächtige und vor allem sehr böse Hexe.

Rätselhafte Wahrheiten

Nachdem Jacob nun im falschen Bus saß, machte sich Jores auf den Rückweg.
Der Clown hatte die Schlüssel im Pick-up stecken lassen, so war es ein einfaches Unterfangen für ihn. Die Hexe hatte sich das bestimmt nicht so vorgestellt.
Jacob war einfach nicht besonders auf Zack und Jores war es in diesem Moment egal.
Als er losfuhr, kam ihm plötzlich eine Idee.
Er war sich aber nicht sicher, ob diese Eingebung wirklich gut war, aber sie war besser als nichts.
Sogar ihm erschien das Ganze ziemlich verrückt, aber etwas anderes fiel ihm jetzt nicht ein. Er hoffte nur, dass er damit nicht alles noch schlimmer machte.
Unterwegs rief er Patrick an.
„Alles klar bei euch?", fragte er ihn.
„Bei uns ist alles beim Alten. Alles ruhig und wir verstecken uns immer noch im Schatten. Deine Cousine spricht zwischendurch mit ein paar Geistern. Aber weiterhelfen können die uns auch nicht. Wie sieht es denn bei dir aus?", fragte Patrick ihn.
„Ich bin auf dem Rückweg. Brauche nicht mehr lange", sagte Jores.
„Und wie ist es mit dem Clown gelaufen?", wollte Patrick wissen.

„Es war wirklich ok. Er hat das Gleiche gesagt wie Merle. Die Frau in dem Haus ist wirklich eine Hexe, eine richtig böse in seinen Augen, er hat wirklich große Angst vor ihr. Anscheinend ist sie die Herrin dieser ganzen Clowns. Sie machen alles, was sie ihnen befiehlt", erklärte Jores ihm.

„Dann hat die Hexe ihnen wohl befohlen, Berit zum Flughafen nach Holland zu bringen. Und weil es nicht geklappt hat, haben sie sie nun hierher zurück gebracht", überlegte Patrick laut.

„Das glaube ich auch. Die Clowns sind nicht gerade klug. Sie wussten halt nicht was sie machen sollten, als das Flugzeug einen Platten hatte. Ich glaube aber, dass sie es morgen Abend bestimmt noch einmal versuchen werden. Wir müssen Berit also heute Nacht befreien. Und das werden wir auch. Macht euch auf etwas gefasst. Wenn ich komme, geht es rund", sagte Jores.

„Wie meinst du das?", fragte Patrick nach.

„Das wirst du schon sehen. Bis gleich", erwiderte Jores und legte auf. Er war nun fest entschlossen, seinen Plan umzusetzen, komme was wolle.

Jores atmete ein paar Mal tief ein und aus. Das half ihm etwas, denn ihm war ziemlich mulmig zu Mute und er hoffte, dass sein Plan gelingen würde. Er war noch nie wissentlich einer Hexe begegnet und hatte keine Ahnung, wie mächtig die Frau in dem weißen Haus tatsächlich war.

Doch mit etwas Glück würde er sie besiegen oder sie zumindest außer Gefecht setzen.

Der Überraschungseffekt war zumindest auf seiner Seite. Sie wusste nicht, was er vorhatte und dass er auf dem Weg zu ihr war.

Als sich Jores seinem Ziel näherte, wurde er unruhig. Sollte er es wirklich tun? Aber er sagte sich, dass er seinen Plan jetzt durchziehen müsse, komme was wolle. Es gab keine andere Möglichkeit. Jetzt oder nie.

Also bog er in die Gräfin-Imma-Straße ein, holte tief Luft und trat aufs Gaspedal. Mit quietschenden Reifen raste er auf das Haus der Hexe zu.

Kurz davor riss er das Lenkrad herum und steuerte direkt auf das Garagentor zu, in dem der weiße Lieferwagen verschwunden war.

Jores machte die Augen zu und spannte seinen ganzen Körper an.

Dann krachte es.

Durch den Aufprall zerschmetterte das Garagentor und der Pick-up prallte gegen den Lieferwagen. Die Wucht war so stark, dass der Lieferwagen sogar noch weiter in die Garage geschoben wurde. Er krachte durch die Verbindungswand zu dem Hause und landete mit der Front in dem Wohnzimmer.

Wahnsinn.

Jores schaute an sich herunter. Alles war ok. Er war wie durch ein Wunder unverletzt, außer ein paar Schrammen an seinem Körper, aber damit konnte er leben. Auf jeden Fall war der Überraschungsmoment auf seiner Seite. Genau das war sein Plan.

Noch leicht benommen, stieß er die Fahrertür auf und stieg aus.

Alles war dunkel. Er stolperte etwas umher und suchte eine Gelegenheit sich zu verstecken, bevor die Hexe kam, um nachzusehen, was passiert war.

Doch dabei kam ihm noch eine andere Idee.

Er nahm sein Handy aus der Hosentasche und wählte schnell den Notruf. Er gab an, dass in der Gräfin-Imma-Straße ein Auto unkontrolliert in ein Garagentor gerast sei.

„Ich glaube, es ist dabei jemand ums Leben gekommen", fügte er noch hinzu, bevor er das Gespräch beendete.

Er hoffte, dadurch würden die Einsatzwagen etwas schneller kommen.

Nun war es doch mal an der Zeit, die Gesetzeshüter einzuschalten. Vielleicht würden sie ihm nun endlich glauben.

„Was zum Teufel war das?", schrie Esmeralda. Sie war im Bett hochgeschreckt.

In ihrem Schlafzimmer war es dunkel.

Als sich ihre Augen an die Dunkelheit gewöhnt hatten, schaute sie erst einmal zur Truhe hinüber, als könnte Berit etwas mit dem Beben in ihrem Haus zu tun haben.

Berit schreckte ebenfalls hoch, sie war gerade erst eingeschlafen. Doch durch die starke Erschütterung in der Truhe und das laute Krachen, wurde sie wieder wach.

„Oh nein, was war das? Ein Erdbeben?", murmelte Berit und hatte unheimliche Angst, aus dieser Truhe nicht mehr lebendig herauszukommen.

„Das war kein Erdbeben!", widersprach Esmeralda wütend und sprang aus ihrem Bett. Sie wollte dem Ereignis erst einmal auf den Grund gehen.

„Bist du wahnsinnig?", rief Patrick. „Was hast du dir dabei gedacht?"

Jores erntete einen bösen Blick, als er im Dunkeln endlich Patrick und Merle fand, die ebenfalls zur Garage gekommen waren.

„Woher hast du den Pick-up?", wollte Patrick wissen.

„Der Clown hat ihn mir einfach überlassen", erwiderte Jores und grinste schelmisch.

„Oh man, du machst Sachen. Ich finde das echt mutig von dir, Jores", sagte Merle und klopfte ihm dabei zweimal auf die Schulter.

„Kommt, lasst uns draußen warten. Ich habe die Polizei angerufen. Sie müssten gleich kommen und ich möchte der wütenden Hexe hier jetzt nicht begegnen", sagte Jores.

Die anderen beiden nickten ihm zu und versteckten sich wieder im Schatten eines Baumes.

Merle sah, wie einige Geister sich ebenfalls von dem Haus fortbewegten.

Warum taten sie das?
War die Hexe in der Nähe?
Kam sie zu ihnen heraus?

Doch dann das: Plötzlich explodierte der grüne Pick-up in der Garage und riesige Flammen loderten auf.
Das Feuer brauchte nicht lange, bis es auf das Haus überging.
Jores' Herz hämmerte. So aufgeregt war er schon lange nicht mehr gewesen. So einen Schaden wollte er nicht anrichten. Damit hatte er nicht gerechnet.
Patrick warf ihm einen finsteren Blick zu. „Was sollen wir jetzt machen? Was, wenn Berit in dem Haus verbrennt?"
„Das wird die Hexe nicht zulassen. Sie hat Berit aus einem bestimmten Grund entführt. Sie braucht sie und wird auf sie aufpassen", warf Merle ein.
„Du wirst bestimmt Recht haben, Merle", erwiderte Jores und sah den Flammen ein wenig stolz zu, wie sie gierig und langsam das Haus verschlangen.

„Was stinkt hier so? Ist das Feuer?", schrie Esmeralda. Es kam ein beißender Geruch durch die Wohnung bis in ihr Zimmer.
„Ich glaube ja", mischte sich Berit ein. Sogar sie konnte durch die geschlossene Truhe das Benzin riechen.
Sie bekam Panik, als ihr klar wurde, dass sie entweder verbrennen oder an einer Rauchvergiftung sterben würde.
Neeeeeiiiiiinnnnnnn!", schrie Esmeralda erneut. „Ich hasse Feuer!"
Berit wurde nun echt panisch. Sie konnte einfach nichts machen, außer versuchen, fest gegen den Deckel zu

treten. Aber sie schaffte es einfach nicht, sich zu befreien. Die Truhe war zu gut verriegelt.

Esmeralda hatte gesagt, sie würde Feuer hassen, aber in Wahrheit jagte es ihr eine Todesangst ein. Das war das einzige Element, das ihr wirklich schaden konnte. Gegen Feuer war sie machtlos. Im Feuer konnte sie sterben.

Ohne einen weiteren Gedanken an ihre geliebte Katze zu verschwenden, die schon über zehn Jahre bei ihr lebte, oder auch an Berit, schnappte Esmeralda sich eines ihrer Handys und öffnete die Schlafzimmertür. Sie musste jetzt verschwinden. Sofort.

Ihr Auftrag war gescheitert, das wusste sie. Nun musste sie sich selber schützen.

Gott sei Dank besaß sie immer mehrere Telefone, damit man ihr nicht so leicht auf die Schliche kommen konnte. Nun rief sie Eusenius an, er würde ihr garantiert helfen.

„Hallo?", rief Berit, als sie die Tür hörte. „Lassen sie mich hier raus."

„Dir passiert schon nichts", rief Esmeralda kaltschnäuzig. Sie konnte im Moment nur an sich selbst denken.

„Lassen Sie mich bitte aus der Truhe", flehte Berit.

„Tut mir leid, Kind. Dafür habe ich jetzt keine Zeit. Ich muss hier raus. Wenn du Glück hast, sehen wir uns wieder. Und wenn nicht ... tja, war nett, dich kennenzulernen."

„Lassen Sie mich hier raus!", schrie Berit jetzt noch lauter und voller Panik. So fest sie konnte, hämmerte sie mit den Knien gegen den Deckel der Truhe. Doch es half nichts. Sie tat sich dabei nur selbst weh.

Esmeralda verschwendete keinen weiteren Gedanken an Berit und lief in die Küche. Auf dem Weg dorthin sah sie, was passiert war. Der weiße Lieferwagen stand auf einmal in ihrem Wohnzimmer.
Panik stieg in ihr auf, als sich die Flammen ihr näherten.
Schnell lief sie zur Hintertür des Hauses, riss sie auf und hetzte nach draußen.
Nur ungern ließ sie Berit zurück. Wenn dem Mädchen etwas zustieß, hatte das für sie ernste Konsequenzen. Doch in einem brennenden Haus konnte man als Hexe unmöglich auf das Mädchen aufpassen.
Bald würden bestimmt die Polizei und die Feuerwehr hier eintreffen und Esmeralda hätte auf die Schnelle nicht gewusst, wie sie das alles erklären sollte.
Bestimmt hatten Nachbarn schon längst den Notruf gewählt.
Komisch, dass noch keine Gaffer auf der Straße zu sehen waren.
Sie überlegte kurz, ob sie einigen ihrer Clowns wieder Leben einhauchen sollte, damit sie auf das Mädchen achtgeben konnten. Aber dafür reichte die Zeit nicht aus.
Mittlerweile hatte das Feuer schon das ganze Wohnzimmer eingenommen.
„Meine armen Kinder", jaulte Esmeralda, als sie an das Regal mit ihren Figuren dachte.

Die Hexe wusste, dass die Polizei entsetzt reagieren würde, wenn sie im Schlafzimmer eine Truhe mit einem Mädchen vorfinden würde. Deshalb musste sie schnell verschwinden. So einfach was das.
Von den drei Jugendlichen in ihrem Vorgarten, die sich gerade in ihr Haus schlichen, um Berit zu befreien, ahnte Esmeralda nichts.
Sie schloss die Augen und dachte kurz über alles nach.
So lange hatten sie und die anderen darauf gewartet, Berit zu schnappen. Und nun das.
Wahrscheinlich steckte sie schon jetzt in ernsten Schwierigkeiten. Aber wenn sie allen erzählte, dass ihr Haus abgebrannt war, würden sie ihre Lage sicher verstehen. Es war ja schließlich nicht ihre Schuld.
Doch am wichtigsten war, dass sie, Esmeralda, nicht geschnappt wurde.
Sie musste Eusenius anrufen und sich mit ihm treffen.
Er würde alles verstehen und ihr helfen. Und wenn sie erst einmal schwanger war, konnten sie Esmeralda nicht mehr dafür zur Rechenschaft ziehen.

Gefangen in dem brennenden Haus, immer noch in der Truhe eingesperrt, war Berit starr vor Angst. Immer wieder versuchte sie, den Deckel der Truhe mit ihren Knien aufzudrücken, doch er rührte sich kein bisschen. Ihre Knie waren schon ganz blutig. Es schmerzte sehr. Doch Berit wollte nicht aufgeben. Sie musste es weiter versuchen und ihre letzten Kräfte zusammen nehmen. Es war für sie eine schreckliche Vorstellung, in dieser Truhe zu sterben. Doch als der Rauch langsam in die

Truhe eindrang und es ihr immer schwerer viel zu atmen, wusste sie, dass nun ihre Zeit gekommen war.
Luzifer, der Kater der Hexe, stand immer noch im Schlafzimmer und beobachtete die Truhe.
Ohne Esmeralda und ihre Befehle wusste er nicht, was er machen sollte. Doch als der Qualm zu stark wurde, rannte auch er aus dem Haus.
„Hilfe!", schrie Berit. „Ich brauche Hilfe!"
Ihre Stimme wurde schon ganz rau, doch sie wollte nicht aufgeben.
Ein letztes Mal schrie sie noch einmal aus Leibeskräften nach Hilfe.
Doch es kam keine Hilfe.
Es war endgültig vorbei.

„Wir müssen etwas unternehmen! Berit ist noch irgendwo da drin!", schrie Jores, während die Flammen das große Haus einhüllten.
Während Jores das schrie, sah Merle einen Geist aus dem Haus kommen. Er kam direkt auf sie zu.
„Ihr müsst euch beeilen. Eure Freundin liegt in dem Schlafzimmer in einer Truhe. Lange lebt sie nicht mehr. Der Rauch verteilt sich überall."
Merle starrte ihn an.
„Und die Hexe? Ist sie bei ihr?", wollte Merle von ihm wissen.
Die anderen beiden Jungen schauten interessiert zu. Sie ahnten wohl, dass Merle einmal wieder mit einem Geist sprach.

„Die Hexe ist nicht mehr im Haus. Sie ist hinten im Garten", sagte der Geist.

„Wirklich?"

„Ja, sie hat furchtbare Angst vor dem Feuer. Nur Feuer oder eine andere mächtigere Hexe kann sie töten", erklärte er ihr.

„Wo ist das Schlafzimmer?", wollte Merle noch wissen. Der Geist erklärte es ihr.

Merle bedankte sich noch für die Informationen und teilte sie Jores und Patrick mit.

Sie hoffte, dass der Geist ihr die Wahrheit sagte und es keine böse Überraschung gab.

„Bist du sicher, Merle?", fragte Jores aufgeregt. Er konnte nur noch daran denken, Berit aus dem brennenden Haus zu retten.

Merle nickte. „Ja, ein Geist hat es mir gerade gesagt."

Früher hatte sie es als Belastung empfunden, Geister zu sehen, aber im Moment war sie tatsächlich sehr froh über ihre Gabe.

Geister konnten, wenn sie die Wahrheit sagten, anscheinend sehr hilfreich sein.

Bisher hatte sie immer nur Angst vor ihnen gehabt.

„Ok, Merle. Danke", sagte Jores und wollte gerade los, als Patrick ihn an der Schulter festhielt.

„Warte. Du hast doch die Polizei angerufen. Sie wird bestimmt gleich kommen", sagte Patrick. Denn er wollte lieber noch abwarten. Das Feuer verbreitete sich immer mehr.

„Ja, habe ich, aber du weißt doch, wie lange die Polizisten immer brauchen. So lange kann ich nicht mehr warten."

„Hört auf zu diskutieren. Ich habe euch doch gerade erzählt, was der Geist gesagt hat. Berit hat nicht mehr viel Zeit. Ihr müsst jetzt in das Haus. Begreift ihr das nicht? Berit ist in einer Truhe eingesperrt. Wenn wir uns jetzt nicht beeilen, dann wird sie sterben", rief Merle und schubste die beiden Jungen an. Sie sollten weitergehen.

„Wir können doch nicht einfach in ein brennendes Haus rennen", wandte Patrick ein. Er hatte einen großen Respekt vor dem Feuer. „Vielleicht explodiert irgendetwas oder ein Stockwerk stürzt ein, wenn wir da drin sind", sagte er noch.

„Ja, ich verstehe dich. Aber wir können Berit doch nicht sterben lassen. Sie hat nicht mehr viel Zeit. Sie kann sich nicht von allein befreien. Und wenn ein Stockwerk über ihr zusammenbricht? Hast du daran schon einmal gedacht?", fragte Merle.

„Na, dann los", sagte Jores. Er hoffte nur, dass sie nicht zu spät kamen.

Die drei rannten zur Vordertür. Denn durch die Garage war es nicht mehr möglich in das Haus zu kommen. Das Feuer war überall.

Jores versuchte die Tür zu öffnen, doch sie war verschlossen.

„Warte mal", sagte Patrick und forderte beide auf, kurz mal zur Seite zu gehen.

Dann warf er sich mehrmals mit der Schulter dagegen, bis die Tür endlich nachgab.

Schmerzverzerrt schaute Patrick Jores an.

„Alles Ok mit dir?", wollte Jores wissen.

Patrick hielt sich an der rechten Schulter fest. „Nicht so schlimm. Tut nur etwas weh. So oft schmeiße ich mich auch nicht gegen Türen."

Merle interessierte das alles nicht. Die Tür war offen und sie sah den Geist, mit dem sie gerade noch gesprochen hatte, vor ihnen in der Wohnung stehen. Er winkte ihr zu.

Überall brannte es, aber Merle achtete nicht auf die Flammen. Sie hatte nur Augen für den Geist, der ihr den Weg zeigen wollte.

Sie kannte Berit nicht einmal, aber sie hatte schon so viel in dieser Nacht durchgemacht, um das blonde Mädchen zu retten, dass sie jetzt nicht aufgeben wollte.

„Sei vorsichtig!", rief Patrick, der Merle lieber nicht allein gehen lassen wollte. Doch seine Schulter schmerzte so sehr, dass er sie die ganze Zeit festhalten musste. Eine Hilfe war er nun nicht mehr.

Merle hingegen schaltete die Wahrnehmung für die drohende Gefahr aus und fokussierte sich völlig auf ihr Ziel. Sie mochte Jores und Patrick, aber die beiden erschienen ihr im Moment zu übervorsichtig.

Sie folgte weiter dem Geist, mit einer Hand auf Nase und Mund, um nicht so viel Rauch einzuatmen, direkt bis zu dem Schlafzimmer.

Sie trat ein und entdeckte sofort die Truhe, in der Berit festgehalten wurde.

Schnell rannte sie hin und schlug mit ihren Händen auf den Deckel.

„Bist du da drin?", fragte sie.

Ein leises Husten war zu hören. Doch dann, kurze Zeit später:
„Hilfe! Ich bekomme keine Luft", rief Berit mit sehr schwacher Stimme.
Als Merle ihre leise Stimme hörte, handelte sie blitzschnell. Sie entriegelte den Deckel der Truhe und klappte ihn hoch.
Was sie dann sah, schockierte sie.
Berit lag flach auf dem Rücken und ihre Knie waren blutig. Sie hatte wohl damit versucht, den Deckel aufzustemmen. An den Handgelenken hatte sie blutrote Striemen. Sie war immer noch gefesselt.
Ihrem Gesicht sah man an, dass sie geschlagen worden war. Das Mädchen sah verdammt mitgenommen aus.
„Wer .... Wer bist du?", stammelte Berit, doch sie war heilfroh, dass jemand - egal wer - sie aus ihrem Gefängnis befreit hatte.
Merle half Berit hoch. „Das ist jetzt nicht wichtig. Geht es dir gut? Kannst du aufstehen?"
„Ja, ich kann aufstehen. Hilf mir hier raus. Das Feuer. Es kommt näher. Ich muss an die frische Luft", antwortete Berit ihr röchelnd.
Merle ergriff Berit's Arm und wollte ihr gerade aus der Truhe helfen, als Jores das Schlafzimmer betrat.
Eine Woge der Erleichterung durchströmte ihn, als er sah, dass Berit noch lebte.
Seine Gefühle, die er sich nie getraut hatte nur ansatzweise zu zeigen, kamen nun alle über ihn. Er half Merle, Berit aus der Truhe zu ziehen und umarmte sie. Ganz fest drückte er sie an sich.

Am liebsten hätte er sie nie wieder losgelassen. Zum ersten Mal seit langer Zeit fühlte er sich wieder gut.
Doch sie konnten hier nicht ewig stehen bleiben. Sie mussten aus dem Haus raus.
Und zwar schnell.

Während Merle und Jores in das Schlafzimmer gestürmt waren, blieb Patrick im Wohnzimmer stehen. Er schaute sich um und sah die offene Hintertür, die in den Garten führte.
Das wäre ein guter Fluchtweg, dachte er und machte ein paar Schritte darauf zu. Hier heraus muss die Hexe auch geflohen sein, dachte er.
Gott sei Dank war sie nicht mehr hier. Doch als er sich der Tür näherte, sah er sie doch.
Die schwarzhaarige dürre Frau mit den rot glühenden Augen.
Sie stand mitten auf der Wiese hinter dem Haus und schaute sich an, wie es in Flammen stand.
Schnell verriegelte Patrick die Tür von innen. Warum war sie noch hier? Diese Frage wollte er lieber nicht beantwortet haben.
Auf keinen Fall sollte die Hexe zurück ins Haus kommen.
Ein Schauer lief ihm über den Rücken. Nicht auszudenken, was sie ihnen antun könnte.
Er wusste nicht, ob die Hexe ihn überhaupt gesehen hatte. Er hoffte, dass dies nicht der Fall war.

Jores nahm Berit auf seine Arme. Sie kam ihm so schwach vor und sollte sich nicht noch mehr anstrengen.

Sie legte ihren Kopf an seine Brust und schmiegte sich an ihn.
„Du bist mein Held, Jores", sagte sie zu ihm und war richtig glücklich.
„Du kennst mich?", fragte Jores und wunderte sich etwas. Er dachte immer, sie hätte keinen blassen Schimmer von ihm.
„Ja, ich kenne dich. Besser als du vielleicht denkst", flüsterte sie noch und schloss die Augen. Der Qualm brannte zu stark.
Jores und Merle nahmen schnell den Weg zurück, den sie gekommen waren. Im Wohnzimmer stand noch Patrick, der ein bisschen benommen aussah von dem vielen Qualm. Oder von dem Anblick der Hexe? Doch das wusste ja niemand.
Merle packte ihn schnell am Arm und zog ihn mit sich.
„Schnell raus aus dem brennenden Haus!", rief sie und, ohne etwas darauf zu sagen, folgte er ihnen.
Es dauerte nicht lange, da waren alle vier wieder draußen an der frischen Luft und sahen das Haus aus sicherer Entfernung brennen.
Jores hatte Berit immer noch auf seinem Arm und drückte sie an sich. Er wollte sie nie wieder loslassen.
Nur Sekunden später schien das ganze Haus in sich zusammen zu fallen.
Auf einen Schlag krachte das ganze obere Stockwerk und der Dachstuhl nach unten. Hätten die vier nur einen Moment länger gebraucht, hätte niemand von ihnen überlebt.
Sie hatten wahnsinniges Glück gehabt.

Hinter dem Haus stieß Esmeralda wütende Flüche aus. Alles war verloren, alle ihre Sachen verbrannt, sogar ihre Kinder wurden durch das Feuer dem Erdboden gleichgemacht. Wo war nur ihr Kater? Endlich kam er ihr wieder in den Sinn. Als sie gerade an ihn dachte, strich er schon zwischen ihren Beinen hindurch und miaute.
„Da bist du ja, Luzifer. Wir müssen schnell verschwinden. Alles ist verbrannt. Mein Auto bestimmt auch und vor allem meine Besen. Einfach alles", erzählte sie ihm.
„Hoffentlich ist die Kleine tot, dann können sie mich nicht zur Rechenschaft ziehen. Sie wurde zwar nicht auf dem Blocksberg geopfert, aber immerhin in dem Feuer meines Hauses hingerichtet. Aber trotzdem, Luzifer, gehe ich lieber auf Nummer sicher. Wir müssen zurück und Eusenius treffen. Los, komm!", befahl sie und nahm den Kater auf ihren Arm.
Esmeralda war jetzt alles andere egal. Sie dachte nur an sich. Sie machte sich noch nicht einmal Gedanken, was mit ihrem letzten Clown Jacob geschehen war. Er sollte doch den Pick-up loswerden und dann zurück nach Hause kommen. Doch wo war er nur?
Sie wollte sich darüber keine weiteren Gedanken machen.
Er würde schon zurecht kommen, und wenn nicht, dann hätte er Pech gehabt.
Wenn sie in Sicherheit wäre, würde sie vielleicht nach ihm suchen.

„*Cito ad Tolmin*", sagte sie und drehte sich dreimal im Kreis mit ihrem Kater auf dem Arm.

Es wurde windig. Doch kaum hatte sie die letzte Drehung vollendet, wurde es wieder windstill und Esmeralda war samt Kater verschwunden.

Jores ließ Berit nun wieder auf ihren eigenen Füßen stehen. Es fühlte sich so gut an, alle zusammen zu sehen. Sogar Debbie war aus dem Wagen gekommen und sprang ihrer Freundin um den Hals.

„Oh Berit, ich habe mir solche Sorgen gemacht", sagte sie.

Patrick sah, dass Berit immer noch die Hände gefesselt hatte und erlöste sie mit seinem Taschenmesser von diesen. Sie lächelte ihn dabei dankend an. Nun konnte auch Berit ihre Freundin Debbie in die Arme nehmen.

„Gott sei Dank lebst du", sagte sie und dabei kullerten ihr Tränen über die Wangen.

„Wir können nicht hierbleiben", sagte Jores und unterbrach ungern das Wiedersehen der beiden Mädchen. „Die Hexe könnte hier immer noch irgendwo in der Nähe sein."

„Aber die Polizei kommt doch gleich. Ich höre schon die Sirenen", sagte Patrick. Er sagte seinen Freunden nicht, dass er die Hexe gerade noch hinter dem Haus gesehen hatte. Das sollte sein Geheimnis bleiben. Sie war bestimmt auch schon auf der Flucht, denn mittlerweile waren auch schon sehr viele Schaulustige auf der Straße und an den Fenstern. Sie wollte bestimmt nicht entdeckt werden.

„Was sollen wir denen denn sagen? Das hier eine Hexe wohnt, die mich entführt hat?", fragte Berit. „Sie können sie doch dann fangen."
„Ich glaube nicht, dass sich eine Hexe von der Polizei fangen lässt", unterbrach Patrick sie.
„Woher wusstet ihr eigentlich, dass ich in diesem Haus bin?", fragte Berit die Freunde.
„Das ist eine lange Geschichte", erklärte Jores und nahm Berit wieder in seine Arme. Es schien sie nicht zu stören. Sie war einfach so glücklich, nun hier bei ihren Rettern zu sein und bei ihm.
„Habt ihr auch Debbie gerettet?", fragte sie noch.
„Ja, das haben wir", erwiderte Jores.
Berit strahlte ihn an und nahm seinen Kopf zwischen ihre Hände. Dann zog sie langsam sein Gesicht näher zu ihrem. Sie legte ihre Lippen auf seine und drückte ihn fest an sich.
Jores fühlte sich gerade wie im siebten Himmel. So oft hatte er sich in seinen Gedanken vorgestellt, wie es wäre sie zu küssen. Jetzt geschah es tatsächlich. Unglaublich.
Merle und Patrick sahen den beiden zu und mussten lachen. Dabei schauten sie sich ebenfalls tief in die Augen. Sie wussten, wie viel Jores für Berit empfand. Und endlich sah es so aus, als hätte er das Mädchen seiner Träume gefunden.
Und auch sie beide empfanden mehr für einander, das wurden beiden nun klar.
Debbie verdrehte etwas genervt ihre Augen, lächelte den beiden aber zu und sagte: „Macht schon, ist schon in Ordnung."

Beide wussten, was sie gemeint hatte, und küssten sich ebenfalls.

Plötzlich hielt ein großer SUV neben ihnen und ein großer blonder Mann sprang heraus. Die fünf sahen ihn verwundert an, bis Berit was sagte. „Papa? Was machst du denn hier?", fragte sie ihn. „Steigt schnell ein, bevor die Feuerwehr kommt. Ich möchte keine weiteren Erklärungen abgeben", befahl er und wies die fünf Jugendlichen an, schnell einzusteigen. Das taten sie dann auch und als der Wagen losfuhr, kamen ihnen schon die Feuerwehr und Polizei entgegen. „Papa, was ist hier los? Was machst du hier?", fragte sie ihn.
„Ich glaube, ich muss dir einiges erklären, Berit. Ich suche dich schon die ganze Nacht. Als du nicht nach Hause gekommen bist und mich dann noch Debbie's Eltern angerufen haben, wusste ich, dass sie dich haben. Ich wusste nur nicht, wo das sein könnte. Als ich den Notruf dann abgehört hatte, wusste ich, dass es etwas mit der Hexe zu tun haben musste. Es tut mir so leid, Schatz. Ehrlich. Ich hoffe, du kannst mir vergeben", versuchte er zu erklären.
„Papa!", sagte Berit nun, sie wusste gar nichts mehr. Was war mit ihrem Vater los?
„Jetzt hört mal, Leute. Was ich euch jetzt erzähle, muss unter uns bleiben. Ich kann verstehen, wenn ihr mir nicht glauben solltet, aber ich versuche es zu erklären", sagte Herr Bachmann.

„Nach dieser Nacht glauben wir ihnen alles", wandte Jores ein. „Glauben Sie mir. Es gibt nichts, was es nicht gibt."
Herr Bachmann wollte gerade weiter erzählen, doch da unterbrach ihn seine Tochter.
„Papa. Ist das wahr, was die Hexe mir erzählt hat? Bist du ein Hexenjäger?", fragte sie ihn.
Herr Bachmann wurde ganz bleich. Sie kannte die Antwort bereits.
„Ja. Die Hexe hat die Wahrheit gesagt. Ich bin ein Hexenjäger."

In Tolmin angekommen, wurde die Hexe Esmeralda von Eusenius Brown an einer Straßenecke abgeholt.
„Was ist geschehen?", fragte er sie.
„Das weiß ich noch nicht, aber das finde ich heraus. Und wenn ich es herausgefunden habe, dann wird jemand dafür bezahlen", antwortete sie ihm.
„Du musst mir helfen? Machst du das?", fragte sie ihn süffisant lächelnd.
„Alles, was du von mir willst, meine Liebe", erwiderte er nur und war hin und weg von ihr.
„Dann finde meinen Jacob, bringe ihn zu mir und finde mit mir heraus, wer für die Geschehnisse verantwortlich ist. Ich möchte seinen Kopf. Wenn du das für mich machst, werde ich deine Frau", sagte sie.
Eusenius nahm Esmeraldas Hand und küsste sie.
Er würde alles für sie tun und damit war sie aus dem Schneider.

Sie würden die Person oder Personen finden, die hinter der ganzen Sache steckten und sie würden sie gnadenlos vernichten.

Und wenn sie erst einmal verheiratet war, konnte sie nichts und niemand mehr aufhalten.

Nun hatte das Böse einen neuen Namen:

Esmeralda Carter-Brown!!!

Epilog

Nun waren schon vier Monate vergangen und Esmeralda durstete es immer noch nach Rache. Mittlerweile hatte sie es herausgefunden, wer ihr das alles eingebrockt hatte. Es waren fünf Jugendliche und diese würden nun ihre Rache zu spüren bekommen. Ihre Blutrache.
„Sie werden alle sterben. ALLE!", lachte sie und ihre Augen leuchteten dabei blutrot.

Freut Euch schon jetzt auf die Fortsetzung
„Die Blutrache der Hexe"

Die Autorin

Nina Nübel, 1974 in Witten geboren, lebt in Bochum, ist verheiratet und Mutter zweier Söhnen.
Aus ihrem Debütroman „Nora Marquardt und das schwarze Einhorn" entstand eine erfolgreiche Jugend-Fantasy-Trilogie und zeigte, dass auch deutsche Autoren das Fantasy-Genre beherrschen können.
Mit „Nora Marquardt und die Wege des Schicksals" war sie 2011 für den Literatur-Preis Ruhr nominiert.

ebenfalls von Nina Nübel erschienen ist:

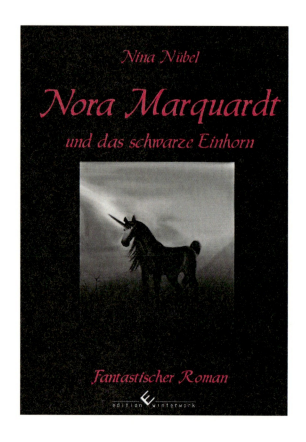

ISBN: 978-3-86468-208-7

Taschenbuch, 14,8 x 21,0 cm,
394 Seiten,
Preis: 19.90 €

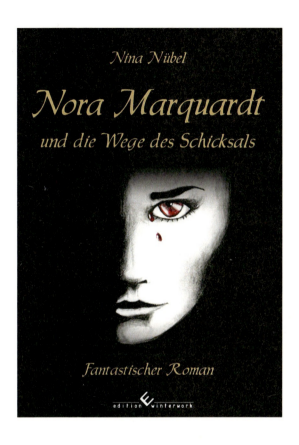

ISBN: 978-3-942150-88-0,

Taschenbuch, 14,8 x 21,0 cm,
466 Seiten,
Preis: 16.90 €

ISBN: 978-3-942150-88-0,

Taschenbuch, 14,8 x 21,0 cm,
466 Seiten,
Preis: 16.90 €

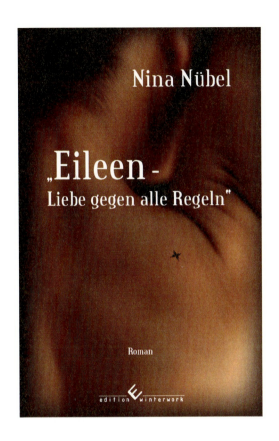

ISBN: 978-3-86468-042-7,

Taschenbuch, 12,0 x 19,0 cm,
144 Seiten,
Preis: 9,95 €